VOLUNTAD DE VIVIR

LOS MISTERIOS DE LA DETECTIVE KAY HUNTER

RACHEL AMPHLETT

CAPÍTULO 1

Elsa Flanagan maldijo entre dientes y golpeó el costado de la linterna contra la palma de su mano.

El haz de luz vaciló antes de volver a la vida, y ella exhaló, liberando parte de la tensión de sus hombros.

Le había dicho a Dennis que cambiara las pilas la noche anterior cuando regresó del pub, con el perro llevando un leve aroma a humo de cigarrillo de donde su dueño había pasado el rato con sus amigos en el pequeño refugio oculto al lado de la taberna del siglo XIV.

Obviamente, se había olvidado por completo de las pilas después de varias pintas de cerveza artesanal, y ahora ella estaba atravesando el campo en completa oscuridad con Smokey, rezando para que el haz de luz durara lo suficiente como para dejar que el perro diera un paseo rápido antes de volver a casa por la noche.

Principios de primavera, y el aire estaba cargado de

frescura, el campo comenzaba a despertar de su letargo invernal.

Había pasado la tarde en el jardín, arrancando toda la vegetación vieja y podrida, las rosas recibiendo una poda despiadada, y los parterres preparados y listos para el primer brote de narcisos.

Dennis había llamado hace media hora y dijo que llegaría tarde a casa desde el campo de golf. Había habido un accidente en la carretera M20 donde los nuevos carriles de incorporación, implementados el año anterior, aún causaban problemas a los conductores desprevenidos.

Elsa había resoplado, pero sabía que no era su culpa. Disfrutaban de sus paseos vespertinos con el perro juntos, pero él le había instado a que fuera sin él esta vez.

—Dios sabe cuánto tiempo tardaré —había dicho.

A regañadientes, había estado de acuerdo con él, ya que Smokey ya estaba paseando por el pasillo con anticipación.

—Vamos, entonces —había dicho, agarrando su correa de su sitio en el poste de la escalera, y salió, cerrando la puerta principal tras ella.

Hubo un tiempo en que simplemente habría dejado que el perro esperara hasta la mañana para un largo paseo y lo hubiera dejado salir al jardín en su lugar, pero con sus años avanzados, sabía que si no lo llevaba ahora, estaría inquieto toda la noche, y ella no podría dormir.

Dennis estaría demasiado ocupado roncando para darse cuenta.

Había sonreído y saludado a una vecina que regresaba de pasear a su Yorkshire Terrier, y luego se dio la vuelta y siguió un sendero cubierto de maleza que conducía a un pequeño campo.

Hasta donde sabía, solo la vecina usaba la ruta regularmente. Ella y Dennis normalmente caminaban por un sendero diferente que los llevaba más allá del pub del pueblo. Su suburbio estaba lo suficientemente lejos de la ciudad principal como para no estar abarrotado, y en su mayor parte estaba poblado por personas que estaban jubiladas o cuyos hijos habían dejado el nido hace mucho tiempo. Había soltado al perro de su correa en el momento en que llegó al campo yermo, segura de que el área estaba bien cercada. Confiaba en que él volvería cuando lo llamara, pero era tranquilizador saber que no podía desviarse hacia la vía de ferrocarril que atravesaba el final del campo mientras perseguía conejos.

Consciente del cielo oscurecido, había rebuscado en su bolsillo y sacado la pequeña linterna, y fue entonces cuando se dio cuenta de que Dennis se había olvidado de cambiar las pilas.

Ahora, deseaba haberse tomado el tiempo para revisar antes de salir de casa.

Un ladrido emocionado de Smokey la trajo de vuelta al presente. Su silueta saltaba por el campo más allá de donde ella estaba parada con la correa en la mano, un destello blanco cerca del seto más allá se reflejaba en el haz de la linterna mientras un conejo escapaba con suerte.

A lo lejos, y aún a varios kilómetros, el sonido del claxon del tren de las 5:55 desde la estación London Victoria llegaba con el viento. Hubo un tiempo, no hace mucho, cuando el sonido actuaba como despertador para ella, una señal para encender el horno y comenzar a preparar la cena lista para cuando Dennis cruzara la puerta principal, tras conducir desde la estación de tren.

Ahora, emitió un silbido de dos notas al perro y agitó el broche metálico de su correa.

Con el conejo fuera de alcance, el perro corrió de vuelta hacia ella.

Chasqueando la lengua ante la vista de sus patas cubiertas de barro, enganchó la correa a su collar y le revolvió el pelo entre las orejas.

—Buen chico.

Él tiró de la correa cuando ella se enderezó, girando la cabeza hacia las vías del ferrocarril y aguzando las orejas.

Una brisa le tiró del pelo, y ella frunció el ceño.

—Vamos, todos los conejos se han ido.

Se dio la vuelta para irse, pero la correa se tensó.

Mirando hacia abajo, vio al Border Collie mirando fijamente las vías, su cuerpo rígido. Sus orejas se movieron, y levantó la nariz al aire antes de gemir y tirar de la correa una vez más.

—¿Qué pasa?

Sintió una punzada de miedo. Dennis siempre le decía que no paseara al perro por el campo ella sola.

"Eres demasiado confiada", decía. "No es como en los viejos tiempos", decía. "Llévalo alrededor de la manzana en su lugar".

Movió la linterna en un amplio círculo, el débil haz cayendo sobre un par de conejos que se dieron la vuelta y huyeron cuando la luz cayó sobre ellos.

—Son solo conejos, Smokey —le regañó, mientras trataba de ignorar el temblor en su voz—. Ven…

El viento le rozó la mejilla, y entonces lo oyó.

Una voz tenue, masculina.

Smokey gimió de nuevo antes de gruñir, un rumor que comenzó en su garganta y terminó en un ladrido bajo.

—¿Quién está ahí?

Oyó el temblor en su voz, y se palmeó los bolsillos de la chaqueta, con el corazón acelerado.

Maldita sea.

Había dejado su móvil en la encimera de la cocina en su prisa por sacar a pasear al perro antes de que oscureciera demasiado para navegar por el campo.

Dio un paso atrás y tiró de la correa.

—Smokey. Vamos.

Él gimió de nuevo, y en lugar de seguirla, tiró hacia adelante.

Ella tropezó, logró recuperar el equilibrio en el último momento, e inhaló bruscamente.

—Ayúdame.

Elsa estiró el cuello, tratando de ver más allá del alcance más lejano del haz de la linterna.

La voz parecía venir de la dirección de las vías del ferrocarril.

Dio unos pasos hacia adelante y, envalentonado, el perro aprovechó la holgura y tiró una vez más.

—¿Hola?

Un momento de pausa, y luego…

—¡Ayuda! ¡Por favor, que alguien me ayude!

Con el corazón acelerado, Elsa comenzó a apresurarse por el terreno irregular y gritó cuando se le torció el tobillo. Mantuvo el equilibrio, ignoró la dolorosa punzada de su cadera artrítica y se dirigió pendiente abajo hacia las vías.

Una maraña de enredaderas cubría una cerca de malla metálica que se había erigido entre el campo y el ferrocarril, y ella caminó junto a ella hasta que encontró un área menos densamente cubierta de vegetación.

No podía trepar la cerca, no con su cadera, y con su baja estatura, la parte superior de esta le llegaba media cabeza por encima.

—¡Por favor, ayúdeme, no puedo moverme!

Agitó su linterna en dirección a la voz, su aliento escapando de sus labios en cortas ráfagas, hasta que el haz cayó sobre un trozo de tela que yacía atravesado en las vías.

Parpadeó, y entonces la tela se movió.

—¡El tren viene! ¡Ayúdeme!

Elsa gritó y se cubrió la boca con la mano antes de dejar caer la linterna. De cerca, aún podía distinguir la forma retorciéndose.

Un retumbar en el suelo envió una pequeña onda de

choque por sus piernas, y su cabeza se giró bruscamente hacia la derecha.

Smokey comenzó a ladrar, excitado por el rugido del tren que se acercaba y los gritos aterrorizados del hombre.

—Oh Dios, oh Dios.

Elsa envolvió sus dedos alrededor de la malla de la cerca metálica e intentó separarla del poste, pero no cedía. Su aliento escapaba en cortas y aterradas bocanadas mientras sacudía la malla metálica en un intento de encontrar un punto débil, una forma de pasar.

El hombre continuaba retorciéndose, su cuerpo contra el riel más cercano y su cabeza lo más lejos de ella.

—¡Levántate, levántate! —le instó—. ¡El tren viene! *¿Por qué no se mueve?*

A solo metros de donde ella estaba, los rieles comenzaron su canto familiar mientras el peso de las ruedas del tren se acercaba cada vez más.

La bocina sonó una vez más.

El hombre comenzó a gritar, suplicándole que se apresurara, que detuviera el tren, que lo ayudara, pero el alambre se negaba a ceder bajo su tacto.

El tren dobló la esquina, su luz cayendo sobre ella, y levantó la mirada hacia los rieles.

El hombre había logrado levantar la cabeza y la miraba, aterrorizado.

Los frenos del tren chirriaron cuando los faros iluminaron la forma en su camino, pero no iba a detenerse a tiempo. Era simplemente demasiado pesado e iba demasiado rápido.

Elsa cerró los ojos con fuerza en un vano intento de borrar la visión ante ella, un momento demasiado tarde.

Los gritos del hombre fueron ahogados por un crujido nauseabundo, la sangre explotando sobre el frente de la locomotora.

Las ruedas chirriaron contra los rieles mientras el tren se estremecía hasta detenerse, el silencio subsiguiente solo interrumpido por el siseo de los frenos de aire.

El perro gimió una vez antes de empujar su cuerpo tembloroso contra las piernas de ella, y luego Elsa se dio la vuelta y vomitó en la maleza.

CAPÍTULO 2

La oficial de policía Kay Hunter estacionó el coche detrás de un vehículo todoterreno blanco con los logotipos de la Policía de Transporte Británica estampados en su carrocería, y tragó saliva.

Una muerte en las vías del tren nunca era fácil de manejar, y solo había tenido que asistir a una escena como esta una vez en su carrera, hace mucho tiempo, cuando aún era guardia.

Era algo que esperaba no tener que repetir.

La llamada telefónica había llegado cuando el equipo estaba empezando a irse por el día, con una solicitud de los presentes en la escena para que asistieran dos oficiales. Los detalles eran escasos, pero la policía de transporte llevaba en el lugar los últimos cuarenta minutos, y los dueños del ferrocarril estaban ansiosos por reabrir la línea lo antes posible.

—Hora punta. Cabrón desconsiderado —había

murmurado uno de los oficiales más veteranos—. Me alegro de que seas tú y no yo.

Ahora, Kay se volvió hacia la mujer en el asiento del pasajero a su lado.

La agente de policía Carys Miles miraba con los ojos muy abiertos a través del parabrisas, su rostro habitualmente pálido de un tono mortecino.

—Considérate afortunada, no eres tú quien tiene que limpiar esto.

—Eso no ayuda.

—Vamos. Salgamos.

Una variada colección de ambulancias, autobuses y vehículos policiales estaban estacionados a ambos lados de la estrecha carretera rural. Un agente uniformado estaba de pie junto a una puerta abierta en un seto, dirigiendo a los servicios que llegaban hacia un camino sin pavimentar que se alejaba del carril y cruzaba un campo. Los reflectores creaban un charco de luz a lo largo del camino, y mientras Kay lo seguía con la mirada, vio el tren y sus ocho vagones de pasajeros atrapados en el ferrocarril más allá.

—Buenas noches, Graham —dijo Kay al acercarse.

—Hola, oficial.

—¿Quién está a cargo de la escena?

El agente señaló hacia el pequeño grupo reunido al final del campo. —Dave Walker, de la Policía de Transporte Británica. Él fue quien solicitó que asistiéramos.

—De acuerdo. Vamos a ver qué tiene.

Kay lideró el camino a lo largo del sendero, con cuidado de evitar las partes más embarradas del campo.

—Este maldito ferrocarril —murmuró entre dientes—. Se suponía que la valla iba a impedir que sucediera este tipo de cosas.

—¿Es común aquí? —preguntó Carys, mientras se apresuraba para mantenerse al día.

—Digamos que los lugareños lo llamaron la "Milla del Suicidio" durante años. Se calmó un poco cuando pusieron la valla hace dieciocho meses, pero supongo que si alguien está decidido a acabar con su vida…

—Debe haber una mejor manera de irse.

—Uno pensaría que sí, ¿verdad?

Un hombre se separó del grupo de policías cuando se acercaron, su rostro ensombrecido por el ángulo de los reflectores.

—¿Oficial de policía Kay Hunter?

—Soy yo.

Extendió su mano. —Oficial Dave Walker.

Kay presentó a Carys, y luego hizo un gesto hacia la vía. —¿Otro suicidio?

—No estamos seguros, y es por eso que están aquí. Según un testigo ocular, la víctima intentó cambiar de opinión en el último momento.

—¿Qué quiere decir?

—Está con uno de sus agentes en este momento, dando una declaración. —Señaló con el pulgar por encima de su hombro—. Bastante conmocionada, como pueden imaginar. Al parecer, estaba paseando a su perro cuando escuchó la voz de un hombre. Bajó hasta aquí para investigar y dijo que él le estaba pidiendo ayuda a gritos. No pudo atravesar la valla para llegar a él a tiempo.

Kay miró por encima de su hombro mientras una de las ambulancias comenzaba a alejarse a través del campo, saltando y sacudiéndose sobre el terreno irregular hacia una puerta que se había abierto en el lado opuesto.

—¿No se quedaron para declarar la muerte?

—No fue necesario. —Señaló una pequeña tienda blanca que había sido erigida al otro lado de la valla entre la maleza, a unos metros del frente del tren—. Su cabeza está allí.

Carys emitió un gemido y se dio la vuelta.

—¿Estado actual?

—Estamos esperando la confirmación del centro de control de que la línea está segura y no hay locomotoras maniobrando entre estaciones, y entonces comenzaremos a bajar a estas personas del tren y subirlas a los autobuses. Todos los demás trenes de pasajeros han sido detenidos en las estaciones a ambos lados de nuestra ubicación, así que hay autobuses circulando entre Maidstone y Tonbridge. Es un lío.

—¿Cuánto cree que tardará en llegar la confirmación de que podemos proceder?

—Debería llegar en los próximos quince minutos.

—De acuerdo, gracias. Mientras tanto, iremos a hablar con la testigo nosotras mismas.

Kay caminó junto a Carys mientras se acercaban a uno de los vehículos patrulla, con la puerta trasera abierta. Dentro, la figura de una mujer mayor diminuta estaba acurrucada en el asiento trasero, con los ojos muy abiertos mientras hablaba con el agente de policía que estaba de pie junto al vehículo, libreta en mano.

Un Border Collie estaba sentado a sus pies, con las orejas atentas mientras ella hablaba, pero percibió a las dos agentes que se acercaban y se giró para recibirlas, tirando de su correa.

Kay se agachó para acariciar la cabeza del perro, luego se enderezó y esperó mientras el agente uniformado las presentaba a Elsa Flanagan.

—He terminado de tomar la declaración inicial de la señora Flanagan —dijo—. La tendré en su escritorio por la mañana. El marido de la señora Flanagan viene de camino para recogerla. Debería llegar pronto.

—Gracias —dijo Kay, mientras dirigía su atención a la mujer mayor y se agachaba—. Señora Flanagan, me doy cuenta de que ha pasado tiempo con mi colega repasando los eventos de esta noche, pero ¿le importaría contarme qué sucedió?

La mujer exhaló, un suspiro tembloroso que hablaba por sí solo, y se apretó más la manta alrededor de los hombros.

—Fue terrible —dijo—. No tenía idea de que había alguien aquí abajo. Estaba paseando a Smokey, y él estaba ocupado persiguiendo conejos, y luego cuando lo llamé, vino corriendo. No fue hasta que le puse la correa que escuché algo. Pensé que estaba desobedeciendo, pero entonces escuché una voz. Aquí abajo.

—¿Dónde estaba usted cuando escuchó la voz por primera vez?

—Allí. Más o menos a mitad de camino del campo, donde está esa depresión en el paisaje. ¿La ve?

Kay se protegió los ojos de las brillantes luces de inundación y distinguió el área que la mujer indicaba en los límites de la zona acordonada. —Sí.

—Hay un sendero justo más allá. Conduce de vuelta a la calle donde vivimos. Solo nosotros y otra mujer lo usamos para pasear a nuestros perros.

—¿No vio a nadie más cuando salió?

—Solo a la mujer que estaba paseando antes que yo. Tiene un Yorkshire Terrier.

Kay miró a la policía, quien asintió. —Tenemos anotados los datos de la vecina —dijo—. El agente West se fue hace veinte minutos para hablar con ella.

—Gracias. —Kay volvió su atención a Elsa—. ¿Qué pasó después de que escuchó la voz del hombre por primera vez?

—Pensé que era un ladrón o algo así. Dennis siempre me dice que no venga aquí sola. Prefiere que pasee a Smokey alrededor de la manzana si él no ha vuelto para caminar conmigo. —Se inclinó hacia adelante y acarició las orejas del perro—. Pero a Smokey le gusta venir aquí.

Kay esperó. La testigo estaba procesando sus recuerdos del accidente, y ella no quería apresurarla. La pobre mujer ya estaba bastante traumatizada.

Elsa suspiró y se recostó en el asiento del pasajero, con la mirada triste. —Smokey no se movía. Seguía tirando de la correa, como si supiera que algo andaba mal. Entonces lo escuché. Gritó. "Ayúdenme", dijo. Al principio, no sabía de dónde venía la voz, pero luego gritó de nuevo y me di cuenta de que la voz venía de aquí abajo, cerca de la vía del tren. —Se llevó una mano temblorosa a la boca—. Entonces escuché la bocina del tren. Se puede oír cuando sale de la estación de East Malling si el viento sopla en la dirección correcta. Corrí, bueno, tan rápido como pude, hasta el fondo del campo, donde está la valla. Al principio no podía ver nada, y seguía alumbrando con la linterna, pero entonces él se movió.

—¿Dónde estaba exactamente?

—Al otro lado de las vías, en ángulo. Sus pies estaban más cerca de mí, y su cabeza estaba del otro lado.

—De acuerdo. Continúe.

—No podía pasar la valla. Tengo artritis en la cadera, y la valla era demasiado alta. Intenté tirar de la malla para aflojarla, pero no pude. El tren se acercaba cada vez más, y todo el tiempo, él seguía gritando, pidiendo ayuda. Entonces el tren dobló la esquina. No sé, supongo que para entonces el conductor pudo verlo porque la luz delantera casi me cegó, pero no pudo detenerse. No se detuvo…

Kay puso su mano sobre la rodilla de la mujer. —Gracias, Elsa.

—¿Oficial? Parece que el señor Flanagan está aquí.

Kay se enderezó al oír la voz de Carys y se encontró

cara a cara con un hombre de unos setenta años, con el rostro pálido.

—¿Elsa?

La mujer apartó la manta mientras el perro giraba y se lanzaba hacia el hombre. La mujer cayó en los brazos del hombre, y sus ojos se encontraron con los de Kay.

—¿Puedo llevarla a casa ahora?

—Sí. —Kay entregó una de sus tarjetas de visita a la pareja—. Gracias, señora Flanagan. Nos pondremos en contacto con usted en los próximos días, pero por favor, si necesita hablar con alguien, busque ayuda. Ha presenciado un evento muy traumático, y estas cosas llevan tiempo.

—Gracias, oficial.

Kay observó cómo la pareja mayor se dirigía hacia la vía iluminada y luego se giró cuando el oficial Walker se acercó.

—Tenemos vía libre —dijo—. Le mostraré lo que tenemos.

Kay y Carys lo siguieron mientras las guiaba hacia un hueco que había sido cortado en la línea de la valla para permitir que los servicios de emergencia y los equipos de investigación accedieran a las vías del tren.

Un flujo constante de pasajeros descontentos estaba siendo evacuado del vagón del extremo más alejado, lejos de la carnicería en la parte delantera del tren.

—¿Dónde está el conductor? —preguntó mientras se ponía el mono y las cubiertas de plástico para los zapatos que le entregaron.

—Dando su declaración a uno de mis colegas —dijo

él—. Les enviaremos una copia de eso tan pronto como sea posible.

—Gracias.

—Jesús.

Kay reconoció el murmullo de Carys mientras se acercaban a la parte delantera del tren.

Salpicaduras de sangre cubrían las ruedas delanteras, un enredo de ropa y extremidades esparcidas debajo.

Kay miró por encima de su hombro.

Los primeros en responder habían erigido pantallas al comienzo de los vagones, por lo que ninguno de los pasajeros podría ver lo que estaba sucediendo en la parte crucial de la investigación.

—Harriet está aquí —dijo Carys.

Kay saludó a la jefa del equipo de Investigación de la Escena del Crimen y explicó los hechos conocidos mientras la mujer se ponía un conjunto de mono protector sobre su propia ropa y se recogía el cabello.

Una astuta y respetada investigadora de la escena del crimen, Harriet Baker había estudiado en Oxford antes de establecerse en la ciudad del condado de Kent con su marido, gerente de ventas, y había trabajado con Kay en varios casos.

Con el rostro sombrío, hizo un gesto al fotógrafo que se unió a ella.

—Si estamos todos listos, echemos un vistazo rápido, y luego voy a cerrar esta escena del crimen para procesarla. Preferiría que solo una de ustedes nos acompañara —le dijo a Kay.

Kay miró la cara pálida y los ojos abiertos de Carys y supo que tendría que ir ella.

—Tiene sentido. Carys, ¿podrías esperar aquí y luego coordinar con el equipo de Harriet durante el resto de la noche?

—Sí, oficial —dijo la agente, con un alivio palpable en su voz antes de alejarse rápidamente.

—No es inusual que alguien cambie de opinión sobre suicidarse —dijo Kay—. Entonces, ¿para qué nos necesitan?

Walker les hizo señas a ella y a la investigadora de la escena del crimen y luego se dirigió a la parte trasera de la locomotora por un camino demarcado que se había erigido sobre la ruta de canalización causada por el balasto, con el fotógrafo siguiéndolos. Se agachó junto a las ruedas y alumbró las vías con su linterna. —No fue un suicidio.

Kay tragó saliva ante el desastre, pero trató de concentrarse en la tarea en cuestión. —¿Qué estoy buscando?

Como respuesta, Walker movió el haz de la linterna a través del riel más alejado.

—Ahí. Lo que queda de sus tobillos está atado a las vías.

CAPÍTULO 3

Kay abrió la puerta de la sala de incidentes con el codo, equilibrando una pila de carpetas manila que había traído de su escritorio habitual, e intentando que la correa de su bolso no se le resbalara por el brazo.

—Espera. Ya lo tengo.

Levantó la vista al oír la voz familiar. —Hola, Gavin, gracias.

Apoyó el pie contra la puerta para que el joven policía pudiera seguirla, con los brazos cargados de material de papelería y una variedad de libros de texto, y luego se dirigió a un escritorio a un lado de la habitación.

El equipo de IT ya había instalado pantallas y unidades centrales en cada escritorio, y mientras el agente Gavin Piper se movía por la sala conectando teclados y encendiendo cada una de las máquinas, el resto del equipo inmediato comenzó a llegar.

La puerta se abrió de golpe y apareció Ian Barnes,

un agente que Kay conocía desde hacía años. Después de un breve año sabático, había llamado a Kay hace unas semanas para decirle que volvería a la comisaría, y ella esperaba con ansias trabajar con él una vez más. Podía ser brusco, pero a Kay le gustaba su sentido del humor seco.

Sonrió mientras se acercaba a su escritorio. —Tiempo sin verte, Hunter.

—Me alegro de tenerte de vuelta, Ian.

—Ah, eso dices ahora.

Ella negó con la cabeza y sonrió. —Te guardé este —dijo, señalando el escritorio contiguo al suyo—. ¿Está bien?

—Sí, así puedo robarte las cosas más fácilmente.

—Genial.

Tiró su chaqueta sobre el respaldo de su silla y se estiró. —¿Dónde está Sharp?

—Con Larch y el jefe. Debería estar aquí en cualquier momento.

Kay tomó el vaso de café para llevar humeante que él le ofreció y se reclinó en su silla. —Gracias.

—Supuse que lo necesitarías. ¿A qué hora llegaste a casa anoche?

—Como a las once.

—¿Adam estaba por ahí?

—Ya dormido. Todavía estaba roncando como un tronco cuando me fui esta mañana.

—Suertudo —dijo el detective mayor—. Si hubiera sabido que me iban a llamar hoy, no me habría ofrecido a recoger a Emma de ese maldito concierto en Londres a la una de la mañana.

Kay sonrió y sacó una silla de debajo del escritorio junto a él. —En el fondo te encanta.

Él sonrió y abrió la tapa del vaso de poliestireno. —Sí —admitió, y reprimió un bostezo antes de dar un sorbo.

—Podría ser peor, Ian: podría haberte pedido que fueras al concierto con ella.

Se atragantó y se golpeó el pecho con el puño antes de hablar. —Eso no tiene gracia.

Kay se rio, se estiró sobre el escritorio y movió el ratón para dar vida a los dos monitores del ordenador. —¿Has visto a Carys?

—Sí, llegó antes que tú. Creo que va por su tercer café.

—Le he pedido que se coordine con Harriet en este caso. Pensé que le vendría bien.

—Buena decisión. ¿Queda mucho?

Kay arrugó la nariz y dejó su café. —No envidio a Lucas y sus colegas ni en el mejor de los casos, y menos aún con uno como este. En cuanto a los chicos de la ambulancia y los bomberos que tuvieron que limpiar después…

—Oí que fue decapitado.

—Sí.

—Al menos fue rápido.

—Aparte del hecho de que sabía que iba a suceder.

Kay volvió su atención a los archivos, clasificándolos en las bandejas junto a su ordenador.

Aunque ahora tuviera un caso de asesinato que resolver, aún tendría que intentar mantenerse al día con la miríada de delitos que necesitaban seguimiento y procesamiento. No había nadie más disponible.

No levantó la vista cuando el inspector Sharp entró en la sala, con paso decidido mientras se dirigía hacia la pizarra que Piper había preparado para el inicio de la investigación.

En su lugar, terminó de organizar su escritorio como quería, como una forma de prepararse para la adrenalina y la frustración que sabía que la investigación traería consigo.

—Bien, reuníos todos —dijo Sharp.

Kay giró su asiento para mirar hacia la pizarra, y luego tragó saliva.

El inspector jefe Angus Larch estaba de pie junto a Sharp, con los ojos clavados en los de ella.

CAPÍTULO 4

Kay había logrado evitar a Larch desde la última investigación de asesinato en la que se habían cruzado. Tras resolver el caso y asegurarse de que dos individuos desagradables fueran encarcelados por producir y distribuir películas snuff, Larch la había felicitado a regañadientes por sus esfuerzos, pero desde entonces, había continuado bloqueando y retrasando cualquier intento de ella de ser ascendida a inspectora, citando una investigación de Estándares Profesionales a la que había sido sometida el año anterior.

El sentido común había prevalecido al final, y la investigación había confirmado su inocencia, algo que ella había mantenido desde el principio.

Sin embargo, había causado estragos en su salud, y mantuvo en secreto de sus colegas un aborto espontáneo posterior. En su lugar, ella y su pareja, Adam, se habían mantenido unidos, lucharon y siguieron adelante.

Aun así, Larch continuaba cuestionando sus habilidades profesionales en cada oportunidad.

Sin embargo, parecía que su papel había pasado factura recientemente. Bolsas sobresalían bajo ojos inyectados en sangre, y las venas rotas que formaban un patrón de telaraña sobre el puente de su nariz parecían más pronunciadas. A pesar de esto, ella sentía poca empatía por él.

Dos hombres estaban de pie junto a la pizarra blanca a su lado, y Kay reconoció a uno de la noche anterior. Al otro, no lo conocía.

Bajó la mirada, se giró para recoger su cuaderno y se concentró en tomar notas mientras Sharp comenzaba la sesión informativa.

—Comencemos. —Esperó mientras el equipo reunido se acercaba—. Antes de empezar, me gustaría presentar a los oficiales Dave Walker y Robert Moss de la Policía de Transporte Británica. Dada la naturaleza de esta muerte, y su conocimiento combinado de la ubicación, compartiremos recursos en este caso. Preséntense después de la sesión informativa, háganlos sentir bienvenidos.

Sus comentarios fueron recibidos con un coro de murmullos de acuerdo mientras los dos oficiales de la BTP encontraban asientos y se enfrentaban a la pizarra.

—Bien, Hunter, ponnos al día con los eventos de anoche.

Kay se levantó y se acercó al frente de la sala, y proporcionó una visión general de los hechos conocidos antes de concluir:

—Estamos tratando esta muerte como sospechosa, ya que nuestro testigo ocular dice que la víctima pidió ayuda y no pudo moverse de la vía del tren antes de que este lo golpeara. Al acudir a la escena, el oficial Walker y sus colegas notaron que los tobillos de la víctima habían sido atados a las vías.

Un silencio conmocionado llenó la sala.

—El inspector jefe Larch y yo nos reunimos con el comisario jefe antes de esta reunión para discutir la estrategia mediática —dijo Sharp—. Por el momento, lo informaremos al público como un posible suicidio, y les diremos que las investigaciones policiales continúan. Hasta nuevo aviso, no les alertaremos del hecho de que estamos investigando un asesinato. No queremos que el perpetrador o cualquier otra persona involucrada sepa que estamos tras ellos.

—Hay que admitir que es el disfraz perfecto para un asesinato —dijo Kay—. Cualquier víctima de este tipo de crimen sería considerada otra estadística de suicidio.

—No estamos diciendo que todos los suicidios en ese tramo de vía sean víctimas de asesinato, Hunter —dijo Larch.

Kay se mordió el labio. La voz del hombre parecía áspera como si estuviera resfriándose o hubiera estado hablando demasiado. Respiró hondo.

—Me doy cuenta de eso, señor, pero creo que vale la pena tenerlo en cuenta.

—Creo que es una buena idea.

Kay se giró en su silla para ver a Carys mirando a Larch, con la barbilla sobresaliendo, luego se volvió.

—Esto estuvo demasiado bien planeado —dijo—. Me da la impresión de que quien sea el asesino, lo ha hecho antes.

—Me inclino a estar de acuerdo con Hunter —dijo Sharp—. Lo último que queremos contemplar es que un asesino haya pasado desapercibido durante tanto tiempo, pero no podemos descartarlo. No en esta etapa.

Larch fulminó con la mirada a Kay, pero ella se negó a apartar la vista. Finalmente, suspiró.

—Bueno, es tu reputación la que está en juego, Sharp. Te dejaré continuar con ello.

Salió furioso de la habitación.

Sharp esperó hasta que la puerta se cerró de golpe detrás del inspector jefe, luego hizo un gesto a Carys.

—¿Hallazgos iniciales de Harriet?

La agente de policía abrió su cuaderno y se aclaró la garganta.

—La víctima fue decapitada. La fuerza del tren al golpearlo le cortó la cabeza, que se encontró en la maleza junto a la locomotora.

Un gemido colectivo llenó la sala, y Kay notó algunos murmullos de agradecimiento de aquellos que se habían librado de tener que asistir a la escena.

—No queda mucho del cuerpo de la víctima. Tenemos los restos de las piernas, las partes que el equipo del oficial Walker encontró atadas a la vía. Sus otras extremidades están gravemente dañadas.

Sharp asintió.

—Era de esperar. Hunter, ¿cuándo cree Lucas que podrá darnos sus hallazgos iniciales?

—Esta mañana —dijo Kay—. Sabe que contamos con él para ayudarnos a identificar a la víctima, así que está tratando de acelerar la autopsia. Por suerte para nosotros, han sido un par de días tranquilos en otros lugares.

—¿Qué hay del área circundante? ¿vehículos, informes de actividad sospechosa? —Sharp dirigió su pregunta a los oficiales de la BTP.

—Ninguno todavía —dijo Walker—. Vuestro equipo de investigación de la escena del crimen acordonó el área frente a donde la señora Flanagan dice que estaba parada. Han encontrado huellas parciales en la tierra debajo del nivel de las vías del tren, y la maleza ha sido pisoteada, así que también tomarán muestras de allí.

—Hemos elaborado un cronograma con los residentes cercanos y pubs, ese tipo de cosas. Trabajaremos con los uniformados para recopilar tantas declaraciones como sea posible en los próximos días —dijo Kay.

Sharp consultó su reloj. —Bien, como estamos en el limbo hasta que Harriet nos dé algo con qué trabajar, sigamos con lo que tenemos. Haremos que administración colabore con la Policía de Transporte Británico para obtener los registros de todos los otros suicidios en ese tramo. Dada la naturaleza de este, tendremos que comprobar si es un caso aislado o no. Barnes, ve a la casa de los Flanagan y habla con Elsa. Ve si puede recordar algo nuevo de anoche. Después, ve a hablar con la otra paseadora de perros, la del Yorkshire Terrier. Había más luz cuando ella paseaba a su perro, puede que haya visto a alguien cerca de las vías.

—Sí, jefe.

—Carys, ve al laboratorio de Harriet. Averigua si han obtenido algo de la ropa de la víctima, cualquier cosa que pueda darnos una ventaja o ayudarnos a identificarlo antes de que llegue su informe. Kay, te encargas de la autopsia; si Lucas dice que la hará esta mañana dadas las circunstancias, no lo hagamos esperar. Debbie, coordínate con los uniformados y repasa las otras declaraciones de anoche de los residentes locales y coordina el cronograma que mencionó Kay. Identifica los vacíos, ve si alguien notó algo inusual y averigua con quién necesitamos hablar de nuevo. Establece un patrón para las investigaciones y comunícate conmigo a primera hora de la tarde para ponerme al día.

—Sí, jefe —la joven policía bajó la cabeza y escribió en su libreta, con el ceño fruncido de concentración.

Kay sonrió. Debbie West era otra estrella en ascenso y un activo para la investigación.

Sharp miró su reloj. —Reunión informativa a las cuatro de la tarde, gente. No lleguen tarde.

Kay esperó hasta que el equipo se dispersó, luego se dirigió hacia donde Carys estaba sentada.

—Oye.

—Hola, Kay.

Sacó una silla extra y la acercó a la agente de policía antes de bajar la voz.

—Escucha, sé que quieres causar una buena

impresión, pero créeme, enfrentarte a Larch en mi defensa no es una buena idea.

La sonrisa de la otra mujer vaciló. —¿Qué quieres decir?

—Aprecio el gesto, pero por favor, no lo vuelvas a hacer.

Logró esbozar una sonrisa propia para suavizar sus palabras y se alejó.

Era mejor para todos si libraba sus propias batallas.

CAPÍTULO 5

—¿Oficial?

Apuntó el mando a distancia hacia el coche y luego alcanzó a Gavin. —¿Qué?

—Nunca he asistido a una autopsia.

Kay lo guio a través del estacionamiento hacia una puerta lateral del edificio. Mantuvo la puerta abierta y luego levantó la mano para detenerlo. —Respira superficialmente. Concéntrate en la investigación, no en lo que estás a punto de ver.

Él tragó saliva. —Oficial.

Se dirigió hacia un mostrador de recepción y los registró a ambos. Tomando los monos que le entregaron, le dio un juego a Gavin y caminó hacia unas puertas dobles.

—Puedes usar el vestuario de hombres para ponerte esto —dijo—. Deja todas tus pertenencias personales en uno de los casilleros; debería haber muchos libres. —

Kay señaló por encima de su hombro—. Los baños están allí, si los necesitas.

—Gracias. Eso creo.

Momentos después, se unió a ella en las puertas dobles, y ella le dio una sonrisa tenue.

—Acabemos con esto.

—Buenos días, Hunter —dijo Lucas cuando entraron en la sala—. Sharp dijo que vendrías.

—Y dijo que te transmitiera su agradecimiento por hacer esto tan rápidamente.

—Bueno, no queda mucho de él, así que tenía sentido sacarlo del camino primero. Hemos comenzado, ya que necesitábamos ayuda especializada que solo estaba disponible a primera hora de esta mañana.

Kay presentó a Gavin y se movió alrededor de la mesa de examen. —¿Has encontrado mucho?

Lucas señaló las extremidades que habían sido colocadas sobre la mesa. —No mucho de estas, desafortunadamente. Sin tatuajes, sin cicatrices, y sin señales de cirugía, así que podemos descartar encontrar algo como placas de acero para identificarlo. —Movió la mano mutilada a un lado.

—¿Nos enviarás fotos de su cara por correo electrónico para que algunos administrativos puedan empezar a revisar la base de datos de personas desaparecidas?

—Me encargaré de que se las envíen tan pronto como terminemos aquí.

—No es mucho con lo que trabajar, ¿verdad? Parece que este caso va a ser una tarea larga.

—No necesariamente. Tuvimos un poco más de suerte con el cráneo, mira —dijo Lucas. Giró la cabeza cortada para que la boca quedara frente a ellos.

Kay se concentró en lo que él le estaba mostrando, negándose a mirar los ojos de la víctima.

Lucas usó sus pulgares para abrir la boca, mientras su asistente inclinaba la luz sobre la cabeza para iluminar la cavidad. —Cuando una persona es decapitada, la pérdida de sangre es tan repentina que el rigor mortis no se presenta. No podríamos hacer esto por unos días de otra manera. Aquí, puedes ver que ha tenido un trabajo dental significativo a lo largo de los años. Sus molares traseros están extremadamente desgastados, como si estuviera rechinando los dientes. Evidencia de estrés, ese tipo de cosas. Pero es desgaste reciente. Además, le han extraído dos dientes en algún momento. ¿Ves estos dos aquí? Son falsos, fijados mediante cirugía.

—¿Entonces podrás identificarlo?

—Eventualmente. La odontóloga forense ha estado aquí, justo te la perdiste. Ha tomado radiografías e impresiones de yeso de la mandíbula, además de un recuento físico de la ubicación de los dientes. Hablaremos con Personas Desaparecidas y dentistas locales. No hay dos personas con el mismo perfil odontológico, así que con suerte sabremos algo dentro de la semana. Por el momento, todo lo que puedo decirte es que tenía entre treinta y cinco y cincuenta años.

—¿Algo más?

—Como te puedes imaginar, no quedaba mucho de su torso. Recibió todo el impacto. Hemos tomado muestras de debajo de lo que queda de sus uñas. Su mano izquierda no nos sirvió de nada, pero tenemos tres dedos de su mano derecha para trabajar. Hay una ligera hendidura en el dedo medio, tal vez de un anillo de sello o algo así, pero a menos que el equipo de Harriet encuentre el anillo, eso es todo. Hemos tomado huellas dactilares donde pudimos, pero desafortunadamente no queda lo suficiente para un juego completo.

—Pasaremos lo que tienes por la base de datos, a ver si podemos averiguar quién es de esa manera. Aunque si no ha tenido problemas antes, no nos ayudará.

Kay resistió la tentación de inhalar. Había aprendido por experiencia que el sabor de una inhalación sorprendida la perseguiría durante el resto de la tarde, así de agudo era el hedor dentro de la morgue. En su lugar, hizo un gesto hacia los restos destrozados dispuestos sobre la mesa de examen. —¿Qué más puedes decirnos sobre él?

Los labios de Lucas se tensaron. —No mucho, me temo —dijo—. A menos que, o hasta que, obtengamos algunos resultados de esas radiografías e impresiones de la mandíbula, o recibas una llamada de un familiar preguntando dónde está, seguirá siendo un misterio. Continuaremos aquí por otra hora más o menos, pero no creo que encontremos nada más.

—Gracias, Lucas.

Kay lideró el camino fuera de la sala y se dirigió hacia la puerta del vestuario de mujeres. —Te veré aquí fuera una vez que hayas tenido la oportunidad de cambiarte —dijo, por encima del hombro a Gavin.

Sacó su bolso del casillero, se quitó el mono de papel proporcionado por el equipo de la morgue y lo metió en el contenedor de riesgo biológico junto a la puerta antes de abrirla de golpe.

Gavin caminaba de un lado a otro en el pasillo exterior, con el rostro pálido.

—Bien, vámonos.

Gavin irrumpió por la puerta, la mantuvo abierta para Kay, y luego metió las manos en los bolsillos e inclinó la cabeza hacia el cielo, cerró los ojos y tomó una respiración profunda.

—¿Estás bien?

—Sí. Dame un minuto.

—No te avergüences. Yo casi vomité la primera vez, y eso que ya había visto cadáveres cuando estaba de uniforme.

Él abrió los ojos. —Todavía podría hacerlo.

Ella sonrió, metió la mano en su bolso y sacó un paquete de mentas. —Toma. Coge una de estas.

Él lo tomó, sacó una menta y se las devolvió. —¿Ayudan?

—No, pero te dará algo que hacer mientras conduzco.

Él la siguió hasta el coche. —Para ti es fácil. Ni siquiera pestañeaste allí dentro.

Kay se encogió de hombros mientras lo desbloqueaba y subía. —No significa que no me afecte. Pero con el tiempo, aprendes a centrarte en lo que estás descubriendo mientras estás allí, y cómo puede ayudarte a resolver el caso. Eso te ayuda a superar la experiencia, porque nunca sabes cuándo podrías estar escuchando a alguien en los próximos días, o leyendo algo sobre los antecedentes de la víctima que se conectará con algo que has visto o escuchado durante la autopsia. El informe de un patólogo solo puede decirte tanto. Por eso es importante que asistamos. Tenemos la oportunidad de hacerle preguntas a Lucas de inmediato, y entre nosotros, podríamos encontrar algo que de otra manera se habría pasado por alto. Es un esfuerzo de equipo.

—¿Se vuelve mejor?

—¿Más fácil, quieres decir? No. No realmente. Pero encontrarás tu propia manera de sobrellevarlo.

Él tragó lo último de la menta y sus ojos se endurecieron. —¿Qué clase de bastardo le haría eso a alguien?

Kay giró la llave en el encendido. —Vamos a averiguarlo.

CAPÍTULO 6

Para cuando Kay regresó a la sala de incidentes, el equipo había recibido una serie de archivos de computadora que contenían todos los casos registrados de suicidios en vías férreas de la zona.

—Empezaremos con los últimos cinco años —dijo Sharp, paseando por su oficina mientras esperaba que los archivos se cargaran en la base de datos de la investigación—. Todavía no tenemos identificación de nuestra víctima, pero al menos Lucas nos ha dado una estimación aproximada de su edad. No es mucho para empezar, pero separen los registros y pongan a un lado a cualquiera que coincida con esos criterios. Esos son en los que nos concentraremos para empezar.

Kay se retorció en su asiento mientras él se paseaba detrás de ella una vez más.

—¿Jefe? ¿Podría sentarse? Me está dando tortícolis intentando seguirlo.

Él suspiró y se hundió en su silla.

—¿Mejor?

—Sí, gracias. Iba a sugerir que una vez que tengamos esos casos particulares separados, los dividamos en víctimas identificadas y en los desconocidos como el nuestro. Luego intentar establecer si alguien en la base de datos de personas desaparecidas coincide.

—Pon a Debbie y a uno de los miembros del equipo administrativo en eso lo antes posible. Una vez que hayan identificado los que tienen nombres, tú, Barnes y Carys pueden empezar a contactar a las familias.

—Me gustaría involucrar a Gavin también, jefe.

—Sus exámenes de detective se acercan, así que asegúrate de que no se distraiga demasiado. —Su mirada se desvió a través de las ventanas de la partición hacia la sala de incidentes donde el joven policía estaba sentado—. Tengo la sensación de que le espera una carrera prometedora. Ciertamente no le importa esforzarse.

—Creo que hay un poco de rivalidad entre él y Carys —Kay sonrió—. Eso debería hacer las cosas interesantes.

—Cierto. Asegúrate de que no interfiera con esta investigación.

—Lo haré.

—Muy bien. Vamos a empezar con la reunión informativa.

Él lideró el camino hacia la sala de incidentes, y Kay cogió una silla libre de debajo de un escritorio.

—Bien —dijo Sharp—. Barnes, danos una actualización sobre tu visita a Harriet.

Barnes hizo un gesto a Carys, quien aclaró su garganta antes de hablar.

—Harriet confirma que la ropa de la víctima no contenía efectos personales. Ni cartera, ni reloj, ni nota de suicidio. Los primeros en responder habían marcado un camino claro, y no se permitió a nadie salir del tren hasta que la línea estuviera segura. Se mantuvo a los pasajeros en el tren durante veinte minutos adicionales para que se pudieran colocar pantallas y establecer la escena del crimen en la parte delantera del tren. Podemos estar seguros de que la mayor parte de esto no fue perturbada antes de que llegara la policía científica.

—¿Algún signo de huellas de vehículos o pisadas?

—La maleza del lado de la calle Chapel de la vía se procesó primero —dijo Barnes—. Tuvo que ser así, para poder acceder a donde terminó nuestra víctima. Los primeros en responder realizaron una búsqueda preliminar cuando llegaron, y luego acordonaron el camino para que Harriet y su equipo pudieran procesar el resto cuando llegaran. Después de que la línea se declarara segura, la policía científica comenzó a procesar el lado opuesto de la vía.

—¿Qué dijo Lucas, Hunter?

—Ha enviado radiografías de los dientes del hombre para su análisis; aparentemente, la víctima había tenido una extracción importante hace algunos años, y se le implantaron un par de dientes falsos en las encías.

—Bien. Con suerte, podrán rastrearlo a través de

esos. ¿Plazo?

—Dijo una semana, pero presionará para obtener un resultado rápido, dadas las circunstancias de la muerte.

Sharp miró hacia arriba al escuchar un suave *ping* de uno de los ordenadores y Carys se movió a través de la habitación para leer la pantalla.

—Estamos listos para empezar. Todos los archivos han sido cargados.

Kay se levantó de su silla.

—Veamos qué tenemos, entonces.

Pasaron el resto de la tarde examinando toda la información que habían recibido de la Policía de Transporte Británica. Los registros eran exhaustivos y su lectura resultaba incómoda.

Más de una vez, Kay tuvo que dejar su escritorio y salir a caminar simplemente para aclarar su mente. No se había dado cuenta de que hubiera tantos casos de suicidio cada año, y menos aún de la gran cantidad en los ferrocarriles.

Un creciente sentimiento de frustración sobre el estado del servicio de salud mental y el apoyo disponible para las personas que sufren de depresión atormentaba sus pensamientos. En un momento dado, Barnes se topó con ella cuando abría la puerta lateral del edificio para volver a la sala de incidentes.

Compartieron una mirada de complicidad.

—No es el tipo de lectura que suelo asociar con un día soleado de primavera —dijo Barnes—. Me alegro de ver que no soy el único que necesita alejarse de su escritorio.

Cuando el sol comenzaba a hundirse por debajo de la línea del techo del edificio y proyectaba sombras sobre su escritorio, Kay y el resto del equipo habían establecido que ocho muertes en las líneas ferroviarias alrededor de Maidstone tenían circunstancias similares a las de su investigación.

Barnes y Carys habían traído otra pizarra a la sala de incidentes, la habían dividido en ocho cuadrados y habían anotado las similitudes entre los ocho suicidios y la víctima del asesinato.

Todos eran hombres, de entre treinta y siete y cincuenta y dos años, y vivían en un radio de ochenta kilómetros de la ciudad. Aparte de eso, la demografía era amplia: un hombre se había jubilado anticipadamente y podía permitirse conducir un todoterreno de gama alta, tres estaban desempleados, uno había vuelto a vivir con su madre.

Sharp se quedó de pie con las manos en las caderas mirando fijamente la pizarra.

—Buen trabajo, a todos. Esto es un comienzo. —Miró su reloj—. Divídanlos en dos grupos. Kay, llévate a Barnes contigo por la mañana y hagan arreglos para hablar con las familias de estos hombres y obtener declaraciones actualizadas. Carys, Gavin, pasen el resto de esta tarde familiarizándose con los informes de patología y de la investigación de estas muertes para que estemos listos para actuar cuando vuelvan esas declaraciones. Vamos a ganar tracción en esto mientras nuestro asesino todavía cree que se ha salido con la suya.

CAPÍTULO 7

Kay giró la llave en la cerradura y entró en el cálido vestíbulo, donde se oía la voz de Adam proveniente de la cocina.

Sonrió para sí misma, cerró la puerta con llave, dejó su bolso en las escaleras, colgó su abrigo en el poste de la barandilla y se dirigió a buscarlo. Al entrar en la cocina, escuchó unas garras arañando el suelo de baldosas y soltó un grito ahogado cuando el perro más grande que jamás había visto se acercó a ella.

—Hola —dijo Adam—. Esta es Holly.

—Hola, Holly —dijo Kay y rascó las orejas del perro. La cabeza del gran danés le llegaba al abdomen y la enorme bestia se apoyó en ella, haciendo que sus pies en medias se deslizaran por el suelo—. Guau, chica. Eres gorda. *Muy* gorda —añadió al ver el evidente bulto. Sus ojos se encontraron con los de Adam—. ¿Cuándo sale de cuentas?

—En un par de días —dijo él—. Tenía unos días

libres acumulados, así que pensamos que sería mejor si la traía a casa. Más tranquilo —añadió.

—Tiene sentido. —Kay acarició la cabeza de la perra preñada—. Muy bien, chica. Déjame pasar. Necesito una copa de vino.

Adam terminó de acomodar la cama del perro en un rincón de la cocina, luego sacó una botella de borgoña blanco del refrigerador y llenó dos copas antes de pasarle una a ella.

—Salud.

—Salud —dijo ella—. Brindemos por no llegar a casa y encontrar una serpiente suelta esta vez.

Chocaron sus copas y él sonrió.

—Estuvo bien. No hizo ningún daño.

Kay lo miró fijamente por encima de su copa hasta que no pudo contener más la risa.

Holly se acercó y se apoyó contra ella una vez más.

—¿Cómo estuvo tu día? —dijo Adam, sentándose en uno de los taburetes junto a la encimera central—. ¿Ya han acusado a alguien?

Kay negó con la cabeza.

—Todavía no, y creo que pasará un tiempo antes de que lo hagamos. Tuvimos que pasar el día revisando todos los registros anteriores de suicidios. —Apartó suavemente a Holly y se sentó frente a Adam, dejando su copa de vino sobre la encimera entre ellos—. Independientemente de este caso, no puedo creer que alguien esté tan desesperado como para arrojarse bajo un tren.

—Hay de todo en la viña del Señor.

—Es cierto. —Tomó un sorbo de su vino—. ¿Cómo van las cosas en la clínica esta semana?

—¿Aparte de esta? No está mal. Los establos de carreras están tranquilos las próximas dos semanas. Son todas cosas pequeñas por el momento. Mayormente conejillos de indias y hámsters traumatizados por la experiencia de ser llevados a casa por los niños durante las vacaciones escolares. —Le guiñó un ojo por encima de su copa de vino—. Creo que la mayoría va a necesitar terapia.

—Yo también la necesitaría.

Holly se movió hacia el lado de Adam en la barra y apoyó su enorme cabeza en su regazo. Él le acarició las orejas y tomó otro sorbo de su vino.

—¿Cómo va la otra investigación?

Kay se mordió el labio. Había pasado varias semanas, meses en realidad, repasando los hechos tal como los recordaba sobre un caso del año anterior que la había vuelto en contra de toda la fuerza policial y casi había llevado a su despido a través de una investigación de Estándares Profesionales.

Su hambre de justicia no había disminuido desde que fue absuelta de cualquier irregularidad, ni tampoco su determinación de descubrir quién la había incriminado, eliminando pruebas vitales de una habitación cerrada y culpándola a ella, enviando su carrera y su salud en caída libre.

Ella y Adam todavía estaban lidiando con las secuelas, y en un intento por sacarla de su depresión,

Adam había sugerido que comenzara su propia investigación, de forma encubierta y en casa.

Pasó los dedos por el tallo de su copa y la hizo girar sobre la condensación en la encimera de la cocina.

—He llegado a un callejón sin salida.

—¿En qué sentido?

Se recostó en el taburete y suspiró.

—Estoy esperando a que la oficina esté tranquila una noche para poder acceder a la base de datos sin que me molesten. No quiero tener que explicarle a nadie lo que estoy haciendo.

Adam alzó una ceja.

—¿Es prudente? ¿No pueden ver si has accedido?

—Sí —dijo ella—. Pero creo que valdría la pena el riesgo. Es normal querer saber qué pasó realmente, ¿no?

Él mantuvo su mirada, con expresión preocupada.

—¿Podrías meterte en problemas?

—¿Más de los que ya tuve? —Resopló—. No. Me han absuelto de cualquier irregularidad.

—¿Es seguro?

Se frotó el ojo derecho y luego tomó otro sorbo de su vino.

—Creo que sí.

Adam extendió la mano sobre la encimera, envolvió la de ella con la suya y le acarició los nudillos con el pulgar.

—Prométeme que tendrás cuidado —dijo.

Ella sonrió.

—Promételo. Dilo.

—Lo prometo.

—Gracias. —Le apretó la mano—. No podría soportar que te pasara algo.

El móvil de Kay comenzó a vibrar sobre la encimera y ella comprobó el número.

—Mierda.

—¿Qué pasa?

—Es mi madre.

—Voy a buscar más vino.

Kay le sacó la lengua y se llevó el móvil a la oreja.

—Hola, mamá.

—Pensé que nunca ibas a contestar. ¿Sigues en el trabajo? Trabajas demasiadas horas, ¿sabes?

—Estoy en casa.

—Bien. Ya era hora de que vieras más a menudo a ese novio tuyo o como lo llames.

Kay cerró los ojos.

—¿Necesitabas algo?

—Sí. Estamos en Francia en este momento con Abby y los niños. Un clima precioso. Volvemos a casa mañana, así que pasaremos a verte para cenar de camino a casa. Puedes prepararnos algo, ¿verdad?

—Mamá, yo…

—Fabuloso. Nos vemos entonces. No llegues tarde.

Kay se quedó mirando el móvil por un momento, atónita.

—¿Qué pasó? —Adam le acercó el vaso recién llenado por la encimera.

—Vienen para acá. Mañana.

—¿Tu madre?

—Y mi padre. Y mi hermana. Y los niños.

—¿Por qué?

—Al parecer, han estado en Francia toda la semana. Mañana vuelven en coche y quieren pasar a cenar.

—Oh.

Kay se reclinó en su taburete y envolvió con sus dedos el tallo de la copa. —¿Qué voy a hacer?

Adam le tomó la mano entre las suyas. —Vas a poner buena cara, intentar salir del trabajo a una hora razonable y afrontarlo como una adulta.

Kay lo miró con enfado, luego se dio cuenta de que estaba haciendo pucheros. —No se lo voy a decir mañana.

—Pues no lo hagas. Que hayas sufrido un aborto espontáneo el año pasado no es asunto suyo de todos modos. Yo no voy a decir nada. No te preocupes, me encargaré de la cena de mañana. Si vienen de vuelta de Francia, tu padre no querrá quedarse mucho tiempo de todas formas.

—Supongo que tienes razón. —Suspiró y luego miró su reloj—. Se está haciendo tarde. ¿Qué te apetece comer?

Una sonrisa empezó a formarse en la comisura de los labios de Adam.

—Ni se te ocurra. —Le advirtió con el dedo—. Hablo en serio. Me muero de hambre. ¿Qué vamos a comer?

—Seamos malos.

Ella sonrió. —¿Qué tan malos?

—Comida china para llevar. —Cogió su móvil y lo

desenchufó del cargador, con el pulgar sobre el marcado rápido.

—Eso no es realmente malo. Qué flojo eres.

Él puso los ojos en blanco. —Vale. India. De ese sitio cerca de calle Spot.

—Ahora sí.

—Guau —dijo Holly.

CAPÍTULO 8

La sala de incidentes seguía vibrando con la energía de una nueva investigación cuando Kay llegó a la mañana siguiente.

Los teléfonos parecían sonar constantemente, una mezcla de llamadas fijas y móviles, mientras el personal administrativo corría entre los escritorios, distribuyendo informes y atendiendo solicitudes de más investigación.

A veces, Kay envidiaba a Sharp por su capacidad de cerrar la puerta de su oficina y bloquear parte del ruido, aunque rara vez lo hacía. Él prefería estar involucrado en todo momento; feliz de delegar, pero siempre manteniendo una estrecha vigilancia sobre el progreso del caso y el enfoque del equipo.

Dejó caer su bolso bajo su escritorio y colocó su taza de café sobre un posavasos que había adquirido en el pub local durante una salida nocturna con el equipo hace unos meses. Barnes la había convencido de probar media pinta de la última cerveza invitada, y aunque descubrió que era un gusto adquirido y no uno que probablemente desarrollaría, le había encantado el diseño del clip de la bomba y el material promocional que la cervecería había proporcionado al pub. El dueño le había entregado media docena de los cuadrados de cartón, y los había ido usando desde entonces, tirándolos a la basura a medida que se iban deteriorando con el tiempo.

Sharp salió de su despacho, entregó una pila de papeles a uno de los asistentes administrativos y les hizo señas al equipo para que se acercara.

—Tareas para hoy —dijo mientras formaban un semicírculo frente a la pizarra—. Revisaremos los nombres que obtuvimos de la lista de suicidios en las vías del tren en la zona ayer e investigaremos las circunstancias. Antes de hacerlo, y para que no asumamos que cada uno de ellos es una víctima de asesinato, me gustaría que el oficial Walker les proporcionara información de fondo a todos sobre las estadísticas de suicidios en ferrocarriles. —Hizo una mueca—. Desafortunadamente, es más común de lo que a cualquiera de nosotros le gustaría. ¿Dave?

—Gracias. He preparado un resumen de una página para cada uno de ustedes, ¿quieren pasarlos? —Esperó un momento mientras se repartían los documentos—. Para empezar, más del setenta y cinco por ciento de todas las muertes en el ferrocarril son suicidios. Lamentablemente, año tras año, estamos viendo un aumento en los números generales, y de esos suicidios, el ochenta por ciento son hombres.

—¿Rango de edad? —dijo Kay.

—Típicamente entre treinta y cincuenta y cinco años. Estos hombres a menudo han estado desempleados por un largo período de tiempo o en dificultades financieras.

—¿Qué se está haciendo para tratar de detenerlos? —dijo Carys.

—Se han instalado vallas en medio de las plataformas en muchas estaciones de por aquí para evitar que la gente camine frente a los trenes, y han estado invirtiendo dinero en colocar cámaras en lugares populares de suicidio para alertar al personal —dijo—. Todo el personal de las estaciones está capacitado en prevención del suicidio. Tienen una buena tasa de éxito, también.

Barnes tomó el folleto que Debbie le pasó y recorrió la información con la mirada. —Estas estadísticas dicen que aún hay más de doscientos suicidios en ferrocarriles en el Reino Unido cada año.

Walker se encogió de hombros. —Ningún sistema es perfecto y, seamos honestos, si alguien quiere suicidarse, encontrará la manera.

—Bien, gracias, Dave —dijo Sharp—. ¿Barnes? Danos un resumen de los hallazgos de ayer.

—Parece que las cosas han empeorado en los últimos seis a doce meses —dijo Barnes, y agitó uno de los informes—. Algunos fueron prevenidos por el personal ferroviario, pero luego ha escalado.

—¿Podría estar relacionado con el hecho de que hay

menos fondos para programas de salud mental? —dijo Carys.

—Tal vez —dijo Sharp, tomando el informe de Barnes y escaneándolo. Miró hacia la pizarra—. Tres de esas ocho personas allí arriba son de los últimos doce meses. El último hace solo dos meses. ¿Tenemos nombres para todos estos, Ian?

—Sí. Ya he elaborado una lista de los familiares y otros contactos mencionados en los informes de las investigaciones para esos tres. Haré algunas llamadas esta mañana y organizaré que vayamos a hablar con ellos esta tarde o mañana, si quieres.

—Eso estaría bien, gracias. ¿Qué hay de los antecedentes de ellos?

—El primero, Stephen Taylor, estaba desempleado; su madre dijo que tenía un historial de depresión que abarcaba dos años antes de saltar desde un puente al paso de un tren expreso a Londres temprano una mañana hace siete meses. Nathan Cox murió cuando fue atropellado por un tren tarde una noche cerca de Aylesford hace cuatro meses, y luego está el de hace dos meses, Cameron Abbott. Entraba y salía de trabajos como obrero, aparentemente. Tanto Stephen como Cameron habían estado tomando antidepresivos, y nadie pareció sorprenderse de que decidieran acabar con sus vidas.

—¿Qué hay de los médicos?

—Diferentes médicos de cabecera. Pero, y esto es algo que voy a investigar, tanto Stephen como Cameron habían asistido a los mismos talleres organizados por el ayuntamiento local después de ser declarados culpables y acusados de conducir ebrios. Podría haber algo ahí.

—Avísame tan pronto como descubras algo. Trabaja con Kay en eso.

—Lo haré.

—Carys, ¿puedes trabajar con Dave y obtener los informes de las investigaciones de los tres suicidios y hablar con los oficiales investigadores? —Sharp añadió las notas informativas a la pizarra—. Les recuerdo que mantengan la mente abierta, señoras y señores. Si tenemos un asesino suelto que ha hecho esto antes y se ha salido con la suya, necesitamos detenerlo antes de que lo haga de nuevo.

—Tienes que admitir que es una manera perfecta de cubrir sus huellas —dijo Barnes, y luego se agachó cuando Gavin le lanzó una pelota antiestrés mientras los demás gemían al unísono.

CAPÍTULO 9

Kay pulsó "enviar" en el último correo electrónico que tenía pendiente, aún furiosa por la actitud de Larch hacia ella el día anterior, aunque sabía que la provocaba a propósito.

A pesar de que Sharp estuviera de acuerdo con ella en que dos líneas de investigación serían prudentes, era obvio que su Inspector Jefe pensaba que era una completa pérdida de tiempo.

Abrió una carpeta dentro de su bandeja de entrada y se desplazó por el texto. Aunque tenía varios meses, aún lograba enfurecerla.

Su solicitud para el puesto de Inspector de policía no ha sido exitosa en esta ocasión.

Cuando había respondido por correo electrónico para preguntar por qué, el equipo de Recursos Humanos había sido evasivo, citando un proceso de solicitud sobresaturado. Kay había cuestionado la respuesta, irrumpido en la oficina de Sharp y cerrado la puerta antes de exigir una explicación.

Fue entonces cuando se enteró de que Larch había sido responsable de tener la última palabra en sus ambiciones profesionales.

Había sido el golpe final, y uno que tuvo graves consecuencias para su salud, y la de la niña que acababa de descubrir que estaba esperando.

Nunca había entendido la animosidad de Larch hacia ella. Desde la última investigación en la que se habían cruzado, la había ignorado en su mayoría, algo por lo que estaba agradecida.

De vez en cuando su nombre aparecía en una conversación y se preguntaba dónde estaba, casi tentada a mirar por encima del hombro a veces. Durante los últimos meses, no había sido más que un fantasma. A menudo se desconocía su paradero, y cuando le había preguntado a Sharp, este se había encogido de hombros y negado todo conocimiento antes de poner alguna excusa de que el inspector jefe estaba trabajando en un proyecto especial para el comisario jefe. "Eso es todo lo que sé al respecto, Kay. Al menos está fuera de nuestro camino".

Ella había estado inclinada a estar de acuerdo con él, y solo ahora que estaba involucrado en esta última investigación se daba cuenta de cuánto había disfrutado no tenerlo respirando en su nuca. Levantó la vista cuando Barnes se aclaró la garganta.

—Vamos. Vayamos a almorzar. Parece que te vendría bien un poco de aire fresco.

Veinte minutos después, de pie en la fila del mostrador del pub para pedir su comida, Kay miró a su colega y observó su nuevo traje y corbata.

Él la atrapó mirándolo. —¿Qué?

—¿Ropa nueva?

Se aclaró la garganta. —Fue idea de mi hija. He perdido un poco de peso, y dijo que mi traje viejo se veía un poco holgado.

Kay alzó una ceja. —¿Perdiendo peso y ropa nueva? —Entonces se dio cuenta de que no había visto a Barnes comiendo sus habituales almuerzos para llevar de hamburguesas y patatas fritas desde que había vuelto al trabajo. De hecho, acababa de pedir una ensalada de pollo. Entrecerró los ojos—. ¿Estás saliendo con alguien?

—No.

Kay no dijo nada más, tomó su cambio y se dirigió a la mesa donde estaban sentados Carys y Gavin.

Cuando Barnes se acercó, Gavin soltó un silbido bajo. —Te ves muy elegante, Ian. No había visto la chaqueta nueva esta mañana.

Barnes lo fulminó con la mirada, pero Kay notó el destello de diversión en sus ojos.

—¿Quién es la afortunada? —dijo Carys.

—No hay ninguna afortunada, y ocúpense de sus asuntos.

Kay estalló en carcajadas.

———

—Esto es de lo que le estaba hablando a Sharp —dijo Barnes desde el escritorio de enfrente después de que hubieran regresado del almuerzo.

Se inclinó y empujó una impresión hacia Kay, quien estaba librando una batalla perdida con el papeleo esparcido por su espacio de trabajo.

Ella levantó la vista, sacudió la cabeza para aclarar sus pensamientos y estiró la mano para tomar la página.

—¿Este es el programa de rehabilitación?

—Sí —dijo, y se movió alrededor de los escritorios para unirse a ella—. Dos de nuestras víctimas de suicidio asistieron al mismo programa de rehabilitación después de ser atrapados conduciendo ebrios —dijo, y señaló la página con su dedo índice—. Stephen Taylor y Cameron Abbott. Cada uno de ellos perdió su licencia de conducir por un período de seis meses, y una condición de su sentencia fue asistir a una sesión semanal de rehabilitación sobre los peligros de conducir ebrio durante un período de cuatro semanas.

—¿Quién más estaba en el programa al mismo tiempo?

—Otros cuatro. He hecho arreglos para que Carys vaya a hablar con ellos más tarde esta mañana con Gavin, si nosotros hablamos con las familias de las víctimas de suicidio.

—Suena como un buen plan. ¿Oíste que Gavin está estudiando para sus exámenes de detective?

—Sí. Carys lo mencionó. No parecía muy feliz.

—Creo que nuestra niña dorada podría estar poniéndose un poco ansiosa por la competencia en el equipo. —Kay sonrió y bajó la voz—. He estado enfocándome en tratar de dividir los casos por igual entre ellos, para que no puedan acusarme de favoritismo.

Barnes se rio entre dientes. —¿Es tan malo?

—No, no realmente, y puedo verlo desde su punto de vista. Pero Sharp no está tomando partido, así que nosotros tampoco deberíamos.

—Dinámica interesante.

—Lo es. —Kay bajó la mirada de vuelta al documento en su mano—. ¿Cuáles fueron las circunstancias para que nuestras víctimas estuvieran en este programa de rehabilitación en primer lugar?

—Taylor iba a unos kilómetros por hora por encima del límite de velocidad en la A20 cerca de The Landway; su coche fue atrapado por un radar de velocidad, y cuando los oficiales lo detuvieron y le hicieron la prueba de alcoholemia, lo atraparon conduciendo ebrio también. El juez tomó en cuenta el hecho de que estaba tomando antidepresivos en ese momento, pero si estaba tomando esos no debería haber estado bebiendo en primer lugar, así que le confiscó la licencia y lo puso en el programa.

—¿Algún historial previo?

—Ninguno en absoluto. La única otra información que he podido averiguar es de los registros judiciales. Taylor estaba desempleado en ese momento, y lo había estado por unos meses. Parece que entraba y salía del trabajo antes de eso.

—¿Qué hay de nuestra segunda víctima?

—Cameron Abbott fue visto por una patrulla uniformada en el centro de Maidstone. Salió de un pub en la calle High, se tambaleó hasta el estacionamiento de The Mall y se subió a su coche. Lo arrestaron en cuanto giró la llave en el encendido. Al parecer, era su primera infracción, y se mostró lo suficientemente arrepentido como para que el juzgado le impusiera una multa y una prohibición de conducir de seis meses, además del programa de rehabilitación. De nuevo, sin antecedentes previos.

Kay devolvió la impresión con los nombres. —¿En qué consistía el programa de rehabilitación?

—Discusiones grupales, videos de seguridad, cosas así. Intentan reeducar a los infractores sobre los peligros de conducir ebrios, con la esperanza de que no reincidan una vez que recuperen su licencia.

—¿Tiene una buena tasa de éxito?

—Parece que sí, aunque no se puede probar si se debe al programa de rehabilitación o a que la gente no quiere arriesgarse a pasar por todos los problemas de perder su licencia de conducir otra vez.

—¿Quién lo dirige?

—Está subcontratado a una empresa llamada "Mending Ways". Básicamente, un par de psicólogos se asociaron y presentaron la idea. Lo han estado llevando a cabo durante un año y medio en el salón comunitario de Shepway.

—¿Alguien ha hablado ya con ellos?

—Aún no. ¿Quieres encargarte?

—Sí. Dame el número. Los llamaré para ver si podemos pasar a verlos antes de hablar con las familias.

CAPÍTULO 10

Kay condujo el coche alrededor de la rotonda y tomó la segunda salida. La carretera corría junto a la parte trasera de una escuela, y pronto apareció el centro comunitario a la izquierda.

Media docena de coches ocupaban los espacios de estacionamiento frente al edificio de una planta, y Kay se estacionó en uno de los lugares libres.

—Mi hija solía venir aquí a clases de karate cuando era pequeña —dijo Barnes—. No puedo creer que todavía esté aquí.

—Menos mal que lo está. No creo que algunos de estos grupos tuvieran otro lugar donde reunirse de lo contrario.

Kay lideró el camino hacia la entrada del salón a través de un juego de puertas dobles y de inmediato la golpeó el olor distintivo a zapatillas de deporte sudadas. Arrugó la nariz y echó un vistazo alrededor del pequeño atrio. Frente a ella había dos juegos de puertas, ambas cerradas. Miró su reloj.

—Según la página web, tienen una sesión en curso que debería terminar en los próximos dos minutos —dijo—, así que no deberíamos tener que esperar mucho.

Caminaron por el vestíbulo, y Kay recorrió con la mirada los diversos avisos comunitarios clavados en un tablón de corcho que se extendía a lo largo de la pared. Se dio la vuelta cuando se abrió una de las puertas, y un pequeño grupo de personas comenzó a salir pasando junto a ella y Barnes, dirigiéndose hacia el estacionamiento.

Esperó otro minuto para dar tiempo a los rezagados, y luego guio a Barnes a través de la puerta hacia el salón.

La superficie lisa del suelo había soportado el peso de varios deportes de interior a lo largo de los años, su superficie brillante estaba picada y rayada en algunos lugares. Kay se quedó en el umbral, sin saber si debía caminar por la superficie con sus tacones. Mientras debatía si proceder, uno de los dos hombres que quedaban en la sala vio su vacilación y le gritó.

—Usted debe ser la oficial con la que hablé por teléfono. Venga, acérquese; este suelo ha visto mucho desgaste. Un par de zapatos más no le hará daño.

Kay no pudo evitar sonreír y guio a Barnes a través de la sala donde los dos hombres estaban apilando las sillas de la sesión y colocándolas contra la pared del fondo, fuera del camino. Se giraron cuando Kay y

Barnes se acercaron, y el hombre que había hablado extendió su mano.

—Soy Malcolm Bannister. ¿Usted debe ser la oficial de policía Kay Hunter?

—Así es, y este es mi colega, el agente de policía Ian Barnes. Gracias por tomarse el tiempo para hablar con nosotros esta mañana.

El hombre estrechó la mano de Barnes y señaló a su colega.

—Este es Ethan Aspley. Me ayuda con las sesiones para nuestros casos de conducción bajo los efectos del alcohol.

—Hay demasiado eco aquí —dijo Aspley—. Hay una pequeña oficina en el nivel del entresuelo. ¿Por qué no vamos allí? Es más privado también.

—Suena bien —dijo Kay—. Guíenos.

Ella y Barnes siguieron a los dos hombres fuera del salón y subieron un corto tramo de escaleras hasta un entresuelo bajo. De planta abierta, consistía en un par de escritorios en el centro de la sala, archivadores etiquetados con el nombre de cada club que utilizaba el salón, y una variedad de equipos deportivos en diversos estados de deterioro.

Esperó hasta que sacaron las sillas y Barnes extrajo su libreta del interior de su chaqueta.

—¿Cuánto tiempo lleva funcionando este programa?

—Poco más de dos años. Presentamos la idea al ayuntamiento hace tres años, pero les llevó casi siete meses implementarla. Algo relacionado con la gestión del presupuesto y el nuevo año fiscal en ese momento.

—¿De quién fue la idea?

—Ambos habíamos estado practicando psicología durante varios años —dijo Bannister—. Luego, mi hermana fue asesinada por un hombre que más tarde se descubrió que triplicaba el límite de alcohol permitido. Recuerdo haber visto a la familia del hombre en el juzgado de primera instancia. Parecía un desperdicio tan grande. Estaba felizmente casado, tenía un muy buen trabajo, y lo había echado todo a perder porque había bebido demasiado antes de subirse a su coche. Eso me preocupó durante meses, y entonces Ethan mencionó que tal vez podríamos hacer algo en memoria de mi hermana, y fue entonces cuando se nos ocurrió la idea de este programa.

—Si fuera mi hermana la que hubiera sido asesinada, no sé si podría haber imaginado hacer algo tan noble como esto.

Una leve sonrisa cruzó sus labios.

—No ha sido fácil, oficial, se lo aseguro. Pero tenemos una buena tasa de éxito, y es raro que los asistentes reincidan.

—¿Y usted, Ethan? ¿Cuál fue su interés en iniciar esto?

—Estaba comprometido con la hermana de Malcolm. Él se estaba desmoronando y yo también, para ser honesto. Ambos necesitábamos algo en qué enfocarnos.

—Háblenme de cuando Stephen Taylor y Cameron Abbott se suicidaron. ¿Cuándo se enteraron?

Bannister se pasó una mano por el pelo.

—Fue un shock, eso es seguro. Quiero decir, abordamos el tema de la infracción por conducir ebrio, y sí tomamos en consideración cualquier otro problema que un cliente pueda tener. Pero enterarnos de que dos hombres han decidido acabar con sus vidas solo meses después de dejarnos… No tenía idea. Cuando me enteré a través de los periódicos, pasé horas estrujándome el cerebro tratando de recordar si alguno de ellos dio alguna indicación de que haría algo así. No pude.

—¿Mantienen contacto con las personas una vez que dejan el programa?

—No. Les proporcionamos el apoyo que necesitan durante el período de rehabilitación. Una vez que se van de aquí, eso es todo, aunque sí les proporcionamos datos de contacto de lugares como Alcohólicos Anónimos, y los alentamos a hablar con sus médicos de cabecera si creemos que hay problemas subyacentes que deberían discutirse.

—¿Y nunca volvieron a ver a Stephen Taylor o Cameron Abbott?

—No. Nunca.

Kay se volvió hacia Aspley, pero él negó con la cabeza.

—Yo tampoco.

Kay se levantó de su silla.

—En ese caso, caballeros, creo que hemos terminado aquí. Gracias por su tiempo.

Barnes le lanzó las llaves del coche mientras salían del edificio.

—Quiero agregar más a mis notas mientras conduces.

—¿Harás las verificaciones habituales sobre ellos? ¿Historial profesional, condenas previas y cosas así?

—Sí. Eso ya se me había ocurrido mientras escuchaba a esos dos.

—¿Qué piensas? ¿Demasiado bueno para ser verdad?

—Si fuera mi hermana o mi prometida la que hubiera sido asesinada, estaría mucho más enojado que esos dos.

—Una forma encomiable de lidiar con el dolor, sin embargo.

—Sería más fácil mover un cuerpo a las vías del tren si fueran dos personas.

—Vaya pensamiento más alegre.

CAPÍTULO 11

Kay abrió la puerta del coche y esperó a Barnes mientras echaba un vistazo a la casa que tenía delante.

Un sendero conducía directamente desde la acera hasta la puerta principal de lo que una vez fue el hogar de Stephen Taylor, atravesando un borde de césped. A la izquierda de la casa se había erigido una valla con una puerta cerrada que Kay supuso que daba al jardín, mientras que en el exterior había un contenedor de basura con ruedas, alrededor de cuya tapa zumbaba un grupo de moscardones. Debajo de la ventana delantera, una variedad de macetas grandes contenía un intento poco entusiasta de jardinería. Una única lámpara ornamental colgaba sobre la puerta principal, que estaba protegida de los elementos por un porche saliente.

Presionó el timbre y luego se volvió hacia la calle mientras esperaba que abrieran la puerta.

Más allá del muro del jardín había dos estrechas hileras de casas adosadas. Cada propiedad tenía el mismo aspecto: una fachada de ladrillo rojo, una puerta principal del mismo estilo (salvo uno o dos vecinos rebeldes que habían instalado diseños personalizados) y una ventana delantera, con dos ventanas superiores que daban a la calle de abajo.

Algunas propiedades (Kay suponía que pertenecían a personas más mayores) mostraban cierto cuidado. Las otras parecían un poco más deterioradas; tres puertas más arriba, en el lado opuesto, un coche descansaba sobre ladrillos, con la pintura oxidada y telarañas en el parabrisas. Supuso que no se había movido en al menos seis meses.

—Bonito vecindario —dijo Barnes—. ¿Son todas propiedad del ayuntamiento?

Kay arrugó la nariz.

—En realidad, creo que todas estas son de propiedad privada —dijo. Se giró al oír que alguien se acercaba a la puerta.

Esta se abrió y una mujer que Kay calculó que estaría a finales de los cincuenta se asomó.

—¿Qué quieren?

Kay se presentó.

—¿Le importaría si pasamos, señora Taylor?

El labio superior de la mujer se curvó, pero se hizo a un lado y mantuvo la puerta abierta.

Sus ojos recorrieron a Kay y luego a Barnes mientras entraban, antes de frotarse los ojos somnolientos.

—¿De qué se trata? David no está en problemas otra vez, ¿verdad?

Kay esperó hasta que la puerta se cerró y miró a Barnes antes de hablar.

—¿Quién es David?

—Es mi hijo. ¿Qué ha hecho ahora?

Kay negó con la cabeza.

—No estamos aquí por David —dijo—. Nos gustaría hablar con usted sobre Stephen.

La mujer dio un paso atrás y frunció el ceño.

—¿Stephen?

—¿Podemos sentarnos en algún lugar?

La mujer asintió, aún con el ceño fruncido, y los guio pasando una escalera, por un estrecho pasillo hasta una cocina que parecía no haber salido de los años 80.

—¿Quieren una taza de té?

Kay echó un vistazo a las superficies grasientas y al cubo de basura desbordante, y pensó que era mejor no aceptar.

—No, gracias, no le quitaremos mucho tiempo.

—Bien. —La mujer señaló la escueta mesa de la cocina y las cuatro sillas que la rodeaban—. Siéntense. ¿Qué quieren saber?

—En primer lugar, debo pedirle que esta conversación no se repita a nadie más por el momento —dijo Kay—. Actualmente estamos investigando una muerte sospechosa en la línea de ferrocarril entre East Malling y Barming.

La mujer se echó hacia atrás en su silla, con las cejas levantadas.

—¿Otro suicidio?

—Eso es lo que estamos tratando de establecer —

dijo Kay—. Lo siento, sé que Stephen murió hace siete meses, pero ayudaría a nuestra investigación si pudiera contarme qué sucedió y cuál era su estado de ánimo antes de morir.

—¿Estado de ánimo? Le diré cuál era su estado de ánimo. Estaba completamente desquiciado. No había trabajado durante meses, no después de perder su empleo. Fue la gota que colmó el vaso después de que lo atraparan conduciendo ebrio. Casi perdemos la casa porque no podía pagar el alquiler. Dejé de preguntarle cuándo conseguiría otro trabajo, así que terminé dejándolo en casa para que hubiera alguien aquí cuando los niños regresaran de la escuela por las tardes, y yo me fui a trabajar en el supermercado local reponiendo estanterías de tres a nueve de la noche.

—¿Cómo perdió su trabajo?

La mujer se encogió de hombros.

—Sufría de depresión —dijo—, y, como de costumbre, sus jefes no lo entendían. Le resultaba muy difícil explicar que a veces simplemente no podía levantarse de la cama. No era perezoso. Simplemente tenía esta melancolía que lo estaba hundiendo y se perdía durante días.

Se levantó de su silla y caminó hacia el fregadero antes de mirar por la ventana al sencillo jardín.

—Si soy honesta, siempre supe que se suicidaría. —Se volvió para mirar a Kay, con lágrimas brillando en las comisuras de sus ojos—. Sin embargo, no sabía cómo detenerlo. Lo intentó, realmente lo hizo, incluso fue al médico y le recetaron algunas pastillas, pero era demasiado tarde. No funcionaron a tiempo. Después, en la investigación, el médico dijo que los antidepresivos habrían surtido efecto en un par de semanas más. —Sorbió por la nariz—. Stephen podría haber estado bien después de eso.

—Entiendo que asistió a un programa de rehabilitación después de una infracción por conducir ebrio. ¿Puede decirme algo sobre eso?

—Bueno, no le sirvió de nada, ¿verdad? —Negó con la cabeza—. Para ser honesta, empeoró las cosas. Se sentía muy mal por haber sido atrapado conduciendo ebrio, aunque creo que era más vergüenza que otra cosa. No podía esperar para completar el programa y recuperar su licencia.

Kay se inclinó hacia adelante.

—¿Recuerda algún amigo con el que pudiera haber hablado en los días previos a su muerte?

La mujer resopló.

—Todos sus amigos lo abandonaron. De vez en cuando recibía una llamada o un mensaje de texto, supongo que alguno de ellos intentaba sacarlo a tomar algo o algo así, sacarlo de la casa, pero siempre lo rechazaba. Al final, dejaron de llamarlo.

—¿Tiene alguna idea de qué pudo haber causado que su depresión empeorara?

—Perder ese último trabajo fue la gota que colmó el vaso. Había estado sin trabajo durante dos meses antes de empezar allí, pero como dije, no entendían sus cambios de humor y después de una advertencia por escrito, lo despidieron.

Se secó los ojos y Kay le hizo un gesto a Barnes de que se irían.

—Señora Taylor, gracias por hablar con nosotros hoy —dijo, y le entregó una de sus tarjetas—. Si recuerda algo inusual que pudiera haber sucedido antes de la muerte de Stephen, o recuerda a alguien que lo llamó antes de ese día, ¿me lo haría saber?

—¿Creen que alguien lo llevó al suicidio?

Kay frunció los labios.

—No, no lo creo. No en este momento —dijo—. Simplemente nos aseguramos de no pasar por alto nada en relación con nuestra investigación actual.

CAPÍTULO 12

La casa de Cameron Abbott ofrecía un aspecto completamente diferente a la primera que habían visitado.

Dos coches ocupaban el limitado espacio en el estrecho camino de hormigón debajo de la casa, y un muro de piedra seca daba a la calle con dos pilares de ladrillo rojo colocados a cada lado de una corta escalera que conducía a la puerta principal. La vivienda adosada había sido revocada para disimular su acabado original de guijarros, aunque la superficie irregular permanecía, mientras que el pequeño jardín delantero contenía una variedad de arbustos; aquí y allá, unos cuantos narcisos tempranos asomaban entre las otras plantas, vigilados por una gran ventana satrediza.

Barnes tocó el timbre, y un suave repique sonó desde el interior.

Unos momentos después, una sombra apareció detrás del panel de cristal esmerilado en la parte superior de la puerta. Esta se abrió, y una mujer los miró, apartándose el corto cabello rubio de los ojos. Vestida con mallas negras y una camisa de seda color crema, su aparición fue precedida por una ráfaga de perfume con base de almizcle.

—Buenos días. ¿Denise Abbott? —dijo Kay. Se presentó a sí misma y a Barnes—. ¿Podemos pasar, por favor?

La mujer parpadeó y luego se hizo a un lado.

—Por supuesto —dijo.

Cerró la puerta principal y se volvió para encararlos. Cruzó los brazos sobre el pecho. —¿Es esto sobre el suicidio que ocurrió el otro día?

—Sí —dijo Kay—, así es.

La mujer se encogió de hombros. —No estoy segura de cómo puedo ayudarlos. Obviamente están aquí porque mi marido se suicidó en el mismo tramo de vía hace dos meses. No parece que el ferrocarril haya hecho nada para evitar que la gente lo haga desde entonces.

De cerca, la mujer parecía mayor, y Kay notó mechones grises entre su cabello rubio. Grandes anillos cubrían la mayoría de sus dedos, y gesticulaba constantemente con las manos.

Kay sospechaba que era un intento de presumir las joyas.

Se dio cuenta de que la mujer estaba ansiosa por deshacerse de ellos. —Si no le importa, ¿podría decirnos cuál era el estado de ánimo de su marido antes de su suicidio? ¿Tuvo alguna indicación de que podría hacer algo tan drástico?

—Siempre estaba deprimido. Incluso antes de perder su trabajo. Era simplemente una de esas personas que nunca parecían felices. Podíamos estar de vacaciones en algún lugar como el sur de Francia, y aun así encontraría algo por lo que sentirse miserable.

Kay contó hasta cinco en su cabeza antes de continuar. —En las semanas previas a su muerte, ¿parecía preocupado por algo en particular?

—No realmente. No que yo recuerde.

Una tabla del piso crujió sobre sus cabezas.

Kay arqueó una ceja, pero no dijo nada.

La mujer pareció molesta. —Mi pareja, Vince. Espero que no vaya a mirarme con desprecio y decirme que debería estar actuando como la viuda afligida.

—No es asunto mío —dijo Kay—. ¿Decía usted sobre el estado de ánimo de su marido?

La mujer suspiró. —El médico le dio antidepresivos. Probaron con una dosis pequeña al principio, pero no funcionó. Hay que esperar unas semanas para que hagan efecto. Cuando eso no funcionó, el médico le recetó una dosis más fuerte. No tenía trabajo en ese momento, y los medicamentos lo volvían letárgico. Se pasaba todo el día sentado en casa, viendo la televisión o mirando al vacío.

—Tengo entendido que fue admitido en un programa de rehabilitación para infractores por conducir ebrio.

—Una estupidez. Estaba conduciendo el coche de su hermano en ese momento, además, y él no estaba nada impresionado, se lo puedo asegurar. Una pérdida de tiempo, también. No le ayudó, ¿verdad?

—¿Qué hay de sus amigos?

—¿Qué pasa con ellos? Intentaron llamar, por supuesto, cuando su depresión empezó a empeorar, pero después de un tiempo, se cansaron de intentar sacarlo de casa. Si iban a tomar algo o iban de pesca, él solo lo empeoraba todo para todos ellos. —Se encogió de hombros—. Al final dejaron de llamarlo.

—¿Sabe si se encontró con alguien ese día?

La viuda de Abbott negó con la cabeza. —Como le dije, muchos de sus antiguos colegas de trabajo y amigos se alejaron una vez que la depresión empeoró. —Sus manos temblaron mientras se secaba los ojos una vez más—. Apenas hubo gente en su funeral.

—¿Podría proporcionarnos una lista de los nombres de sus amigos y colegas de trabajo, y sus números de teléfono, si aún los tiene?

—Por supuesto. Tengo una agenda en alguna parte. Esperen.

Salió de la cocina, y Kay la oyó moverse por el pasillo, hacia donde suponía que se guardaba una agenda junto al teléfono fijo que había visto en un pequeño mueble al lado de la puerta principal.

Regresó después de unos minutos y le tendió a Kay un libro de cuero negro. —Probablemente sea más fácil si se lo lleva y lo fotocopia, ¿no?

—Sí, si está segura.

La mujer asintió. —He puesto un asterisco junto a

los nombres de las personas con las que quizás quieran hablar.

Kay tomó el libro de sus manos. —Gracias. Anotaré los detalles tan pronto como regresemos a la comisaría, y se lo devolveré lo antes posible.

Mientras Kay y Barnes caminaban de vuelta al coche, ella se detuvo para pararse en la acera y mirar fijamente la casa.

—¿En qué estás pensando?

—Tanto Stephen Taylor como Cameron Abbott habían perdido todo contacto con sus amigos antes de morir. En efecto, estaban aislados. ¿Y si eso los hizo más vulnerables a un asesino?

—No saquemos conclusiones precipitadas, Kay. El aislamiento es un factor importante en la depresión; la gente no la entiende, así que no sabe cómo lidiar con ella si un amigo la sufre.

Ella suspiró. —Lo sé. Es solo una idea.

—La tendré en cuenta.

CAPÍTULO 13

Pasó la mano sobre la página frente a él, se inclinó y sopló suavemente sobre su superficie.

La goma de borrar se movió de un lado a otro, haciendo desaparecer el suave grafito gris bajo su fuerza hasta que las líneas que había dibujado durante la última hora se desvanecieron por completo.

Un plato de queso y galletas reposaba cerca de su codo. Una mosca se posó en una esquina del plato, flexionó sus alas y luego despegó de nuevo.

Agitó la mano junto a su oreja cuando se acercó demasiado e intentó concentrarse.

En la esquina de la habitación, un televisor de pantalla plana de modelo antiguo parpadeaba mientras terminaba una serie de anuncios y un programa volvía a la pantalla. El presentador caminaba frente a una gran fábrica, gesticulando hacia la cámara mientras intentaba parecer despreocupadamente informativo al mismo tiempo. La escena cambió a una dentro de la fábrica, donde enormes brazos robóticos convertían paneles de chapa metálica en automóviles.

Resopló con desdén ante la frase del presentador, luego extendió la mano hacia el control remoto a su lado y presionó el botón de "silencio".

No podía permitirse la distracción, no después de la última vez.

Además, conocía el episodio; los había visto todos una y otra vez.

Ayudaba a pasar el tiempo, antes.

Se reclinó y miró alrededor de la habitación.

Cortinas de gasa cubrían la ventana, mientras motas de polvo flotaban en el aire, bailando en la luz tenue.

Intentó recordar la última vez que había limpiado el lugar.

Frunció el ceño, sus ojos percibiendo la fina capa de polvo que cubría todo, y se preguntó si debería hacer un esfuerzo por hacer algo al respecto.

Prefería trabajar en el jardín, si era honesto. Por supuesto, eso significaba que tenía que interactuar con su entrometido vecino de al lado, o con la joven pareja que vivía en la casa adyacente, pero si el jardín estaba ordenado, lo dejaban en paz. Nadie sabía que el interior del edificio se parecía poco al orden y la pulcritud del exterior.

No era como si invitara a la gente a tomar una taza de té, después de todo.

No, la limpieza podía esperar. Tenía cosas más importantes que hacer.

Sus ojos volvieron a la mesa frente a él. Un teléfono

móvil yacía en silencio en el extremo más alejado, con un cable que salía de él hacia la toma de corriente en la pared lejana.

No sonaba mucho; todos habían dejado de llamarlo después de los primeros meses, y él no tenía intención de llamar a nadie.

Le gustaban los juegos, sin embargo. Juegos simples, como el solitario o el Sudoku. Juegos en los que podía perder horas jugando, mientras pensaba en todo y en nada.

Dejó caer la goma de borrar, apartó los rotuladores fluorescentes y la calculadora, luego tomó el mapa una vez más. Se removió, tratando de aliviar la tensión en su columna. Había estado encorvado durante demasiado tiempo, perdido en el tiempo, demasiado ocupado concentrándose en la tarea en cuestión.

Porque eso es lo que era.

Un trabajo.

Un proyecto. Definido como un alcance de trabajo con un final finito.

Todo había ido según lo programado hasta hace dos noches.

Reprimió la ira.

No había visto a la paseadora de perros antes, así que no había sido considerada en sus planes.

Por suerte, ella había estado al otro lado de las vías, y el haz de su linterna era demasiado débil para distinguirlo mientras él se agachaba junto a su víctima, escuchando.

Aunque el perro lo había visto, estaba seguro.

La mujer había estado demasiado ocupada tratando de encontrar una manera de romper la malla de alambre, pero el perro lo había oído cuando comenzó a escabullirse de su posición hacia las sombras, y había comenzado a ladrar de nuevo.

Solo había avanzado unos pasos.

Esta vez había sido diferente.

Los otros no habían estado conscientes cuando murieron. De alguna manera, en ese momento, pensó que sería más fácil de manejar, pero faltaba algo: no sentía nada después.

Ninguna sensación de logro.

Ninguna sensación de haber contribuido a poner todo de nuevo en su eje correcto.

Cuando este se despertó de su sueño para encontrar sus manos y pies atados a las vías, su terror era palpable.

Aturdido al principio, se retorció y se sacudió cuando un tren expreso pasó rugiendo por la vía opuesta.

Fue entonces cuando decidió quedarse.

Quería ver, quería escuchar el terror del hombre mientras el tren se abalanzaba sobre él.

Había funcionado.

En el momento en que el tren chilló hasta detenerse a poca distancia de donde él estaba, exhaló y la tensión que había estado conteniendo entre el cuello y los hombros se disipó un poco.

Los dolores de cabeza habían regresado en cuestión de horas, como siempre lo hacían, pero la sensación de equilibrio había permanecido.

Sus ojos cayeron sobre el cuaderno.

Tenía que concentrarse.

Aún quedaba mucho trabajo por hacer y ahora que la policía estaba involucrada, su cronograma había cambiado.

Se había acelerado.

Pero esa era la cuestión con los proyectos, ¿no? Una vez que el trabajo estaba hecho, hacías un balance, realizabas una evaluación y te asegurabas de que todos esos riesgos que casi habían puesto fin a tus planes cuidadosamente trazados fueran tenidos en cuenta la próxima vez.

Mitigados, para que el siguiente intento fuera perfeccionado.

Sus ojos recorrieron los cálculos que había anotado en su cuaderno y luego sonrió, se inclinó hacia adelante y tomó el lápiz una vez más, con la punta suspendida sobre el mapa desplegado frente a él.

Tenía otro proyecto que entregar según lo programado.

CAPÍTULO 14

El corazón de Kay se hundió un poco cuando giró hacia su calle y notó los dos coches extra aparcados en la acera.

Sabía que debía esperar una visita de su familia pronto, y sospechaba que el hecho de que su madre hubiera sugerido que pasaran de camino a casa desde unas vacaciones en Francia con su hermana y su joven familia significaba que solo lo hacía por un sentido del deber equivocado.

Nunca habían sido cercanas, y a medida que Kay continuaba ascendiendo en los rangos de la policía, se habían distanciado aún más.

Aparte de la ocasional llamada telefónica de cualquiera de ellas, prefería mantener la distancia; su madre era demasiado dominante y su hermana la sacaba de quicio.

Que aparecieran sin previo aviso la ponía de los nervios, incluso antes de apagar el motor.

Miró hacia abajo cuando su móvil comenzó a vibrar y reconoció el número de Adam.

—¿Hola?

—No puedes quedarte ahí sentada para siempre, ¿sabes? —Su tono burlón alivió un poco sus nervios.

—Podría irme y dejarte solo con ellos.

—Oh, qué mala. —Se rio—. No es tan malo. Tu padre también está aquí.

—No te preocupes, ya voy para allá.

Kay terminó la llamada y metió su móvil en el bolso antes de salir del coche y cerrarlo, luego tomó una profunda respiración y se arrastró hacia la casa.

Nunca les había contado a sus padres ni a su hermana sobre el aborto espontáneo que había sufrido el año anterior.

No quería su empatía, y le habría proporcionado a su madre otra excusa para reprenderla por poner su carrera primero, en lugar de casarse con Adam y formar una familia.

Su madre poseía poco tacto y no tenía consideración por lo que su hija mayor pudiera querer de su vida, y mucho menos lo que Adam pensara. En cambio, pasaba cada momento de sus irregulares conversaciones telefónicas diciéndole a Kay lo que debería estar haciendo con su vida.

Nada había cambiado desde que Kay era adolescente, y desde el momento en que había podido dejar el hogar para ir a la universidad, había continuado poniendo tanta distancia como fuera posible entre ella y su familia.

Tomó una profunda respiración e insertó su llave en la cerradura de la puerta principal e intentó abrirla lo más silenciosamente posible.

En el momento en que cruzó el umbral, el tono irritante de la voz de su hermana la alcanzó, y exhaló.

Miró su reloj e hizo un cálculo rápido. Por los aromas, Adam ya tenía la cena lista para servir, así que con suerte se irían en un par de horas ya que a su padre no le gustaba conducir tarde por la noche, y todavía tenían un largo viaje para llegar a casa.

Las voces llegaban desde la sala de estar, la de su madre compensando la falta de interacción de los demás, ya regañando al hijo mayor por no completar correctamente un libro para colorear.

Kay puso los ojos en blanco y subió corriendo las escaleras, quitándose la ropa de trabajo y poniéndose unos vaqueros y una camisa limpia antes de revisar su maquillaje en el espejo y pasarse un cepillo por el pelo.

No tenía sentido darle a su madre un blanco fácil.

Suspiró y bajó las escaleras, empujando la puerta de la sala de estar e interrumpiendo los tonos duros de su madre a mitad de frase.

—Ahí está ella.

Las palabras golpearon a Kay en el plexo solar, todos sus recuerdos de la infancia inundándola. Apretó los puños a los costados, sus uñas clavándose en las palmas, y forzó una sonrisa.

—Hola a todos.

—Hola, cariño —dijo su padre, levantándose de su

lugar en el sillón favorito de Adam y atrayéndola para un abrazo.

Ella devolvió el abrazo y notó que, a pesar de sus años avanzados, él aún tenía una cabeza llena de espeso cabello plateado y el entusiasmo de un adolescente.

—¿Qué tal Francia?

—Encantador, gracias. Te ves bien.

—Se ve delgada —espetó su madre. Se levantó majestuosamente del sofá y le entregó el bebé a la hermana de Kay en un fluido movimiento, y luego cruzó la habitación a zancadas y le presentó la mejilla.

En contraste con su marido, su rostro parecía contraído, su maquillaje demasiado cargado y el color de su cabello tres tonos demasiado oscuro para su tez.

Kay le dio un beso rápido y resistió el impulso de limpiarse la boca después.

Se giró al percibir movimiento detrás de ella cuando apareció Adam, con una sonrisa compungida en su rostro. —Hola.

—Hola. La cena está casi lista, ¿quieren pasar todos?

Después de un rápido saludo a su hermana y un juguetón tirón de la cola de caballo de su sobrina mayor, Kay se arrastró hacia la cocina detrás de su familia y esperó mientras su madre se afanaba en conseguir que todos se sentaran alrededor de la encimera central.

—No entiendo por qué ustedes dos no pueden comprar una mesa de comedor como todo el mundo —dijo, chasqueando la lengua lo suficientemente fuerte como para que Holly levantara la cabeza de su cama—. Es imposible sentarse cómodamente en estos taburetes.

Kay contuvo la réplica que se formó en sus labios y en su lugar se ocupó de sacar platos de los armarios, repartir cubiertos y rellenar las copas de vino de su madre y su hermana.

Su padre se unió a ella, sirviéndose un refresco de la nevera, y le guiñó un ojo.

—¿Silas no se unió a ustedes en Francia? —le preguntó a su hermana.

—Demasiado ocupado. —Abby se encogió de hombros—. Hay una gran fusión en el trabajo en este momento. Esperaba volar para reunirse con nosotros, pero querían que fuera a Aberdeen a último momento.

—Qué lástima.

Su hermana forzó una sonrisa. —Está bien. Tendremos unas verdaderas vacaciones familiares en verano. —Se inclinó y tomó a la pequeña del agarre de su madre y la colocó en su regazo para alimentarla—. Al menos les dio a mamá y papá la oportunidad de ponerse al día con estas dos.

—Están creciendo tan rápido.

—Es porque nunca las ves —dijo su madre—. Mira a qué hora llegaste a casa esta noche.

—Estamos en medio de una investigación de asesinato…

—No delante de las niñas —siseó su hermana, y la fulminó con la mirada.

—¿Por qué no encuentras algo agradable que hacer? —continuó su madre—. Tienes un buen título. Podrías elegir cualquier trabajo ahí fuera. Uno que signifique que también tengas una vida fuera del trabajo.

Kay dejó su tenedor y tomó un gran sorbo de vino, contando hasta diez mientras lo hacía.

Hora y media más tarde, su calvario casi había terminado. Su hermana estaba sentada en la sala de estar, los dos niños comenzaban a adormilarse, y su madre les informó que se irían en breve para comenzar la última etapa de su viaje de regreso a casa.

Kay logró contenerse de suspirar en voz alta con alivio, y luego casi se atragantó con lo último de su vino cuando Adam levantó el puño en señal de victoria detrás de la espalda de su madre.

Su padre tenía las manos en el fregadero de la cocina, ocupado con la vajilla, y Kay agarró un paño de cocina y comenzó a secar las ollas y sartenes mientras Adam llevaba una bandeja cargada de tazas de café a los demás.

—¿Qué te pasa, cariño? —dijo su padre.

—¿A qué te refieres?

Él la miró de reojo. —Siempre has sido pésima guardando secretos.

Ella suspiró. —No es nada, papá, de verdad.

—Sé que tu madre siempre está molestando con el hecho de que tengas una carrera en lugar de hijos —dijo él—, pero es tu vida. Tú y Adam hagan lo que sea mejor para ustedes. No le hagas caso.

Se detuvo, se inclinó y cogió el otro paño de cocina antes de secarse las manos, sin apartar los ojos de los de ella. —Sé que algo te preocupa, y no me refiero a que tu madre te esté molestando todo el tiempo. Si alguna vez necesitas hablar, llámame, ¿de acuerdo? —Una pequeña sonrisa se dibujó en sus labios—. Mejor que sea un martes, eso sí. Es cuando tu madre va al bingo.

Kay parpadeó para contener las lágrimas y cerró la distancia entre ellos.

—Gracias, papá.

CAPÍTULO 15

Peter Bailey se subió el cuello de la chaqueta y metió las manos en los bolsillos.

Su turno había terminado hacía veinte minutos, y normalmente soportaba una caminata de cincuenta minutos entre el supermercado y el piso que alquilaba. El aire fresco de la noche le mordía la piel, y aceleró el paso para intentar mantenerse caliente.

Las cosas iban mejorando en el trabajo. Solo llevaba allí seis semanas, pero el encargado de la tienda lo había llevado aparte ese mismo día y le había preguntado si estaría interesado en trabajar un par de horas más cada día.

Aceptó sin dudarlo. El dinero extra significaría que podría empezar a ahorrar y, para finales de año, incluso podría tener suficiente para darse el gusto de unas vacaciones baratas.

El pensamiento le dio un impulso a su paso.

Por orden de su médico, había comenzado a reducir

la dosis de sus pastillas recetadas. El doctor había sido cauteloso al principio y le había advertido sobre los efectos secundarios.

Sacudió un poco la cabeza. Habían tenido una conversación similar cuando le recetaron los antidepresivos por primera vez. Excepto que ahora, con suerte, podría empezar a perder peso. Siempre había cuidado su salud antes, pero después del accidente, una cosa llevó a la otra, y se había vuelto más fácil depender de la comida para llevar y las bebidas gaseosas. Solo podía culparse a sí mismo, y se dio cuenta de que en esc momento había buscado consuelo en la comida. Con el dinero extra que ganaría la semana siguiente, podría apuntarse al gimnasio local.

Sacó la mano derecha del bolsillo y pulsó el botón del paso de peatones. Mientras veía pasar los coches y autobuses a toda velocidad, su mente divagó y se encontró planeando cómo cambiaría su rutina diaria una vez que comenzaran sus nuevos turnos la semana siguiente.

Un camión frenó delante de él, y el conductor tocó el claxon.

Parpadeó y se dio cuenta de que el icono del hombre verde brillaba desde el otro lado de la calle. Levantó una mano hacia el conductor del camión y cruzó apresuradamente las franjas blancas y negras del paso de peatones, llegando al otro lado cuando las luces empezaban a parpadear.

Una brisa fresca le alborotó el cabello mientras cruzaba el puente sobre el río. Parecía que había pasado una eternidad desde que había salido de noche, y un par de cervezas rápidas en un pub que antes era uno de sus lugares favoritos había sido un cambio refrescante en el camino de vuelta del trabajo. Ciertamente había estado ansioso por una cerveza desde que estaba tomando los antidepresivos, y en el momento en que su médico accedió cautelosamente a que pudiera tomar una bebida ocasional, había hecho planes para saciar esa sed lo antes posible.

No había pasado mucho en el pub cuando llegó, lo cual agradeció. Todavía le costaba interactuar socialmente, algo que su consejero había dicho que era perfectamente normal y que no debía apresurarse a entrar en situaciones sociales, sino que debía tomárselo con calma. En su lugar, había sorbido su cerveza, manteniendo un ojo en el marcador del fútbol en el televisor del rincón lejano, y dejando que las voces a su alrededor bañaran su cuerpo cansado.

Se asomó por encima del parapeto hacia las oscuras aguas del río Medway abajo, sus ojos trazando el contorno silueteado de las barcazas y otras embarcaciones amarradas a un lado. Envidiaba la libertad que imaginaba que tenían sus dueños; poder soltar una cuerda y dejarse llevar por las corrientes del agua hasta que otro lugar les llamara la atención. Olió el aire húmedo antes de acelerar el paso y seguir la dirección de la calle Tonbridge.

Miró por encima del hombro. La calle detrás de él estaba vacía y no se veía a nadie más. Al final de la calle, el tráfico del centro de la ciudad pasaba a toda velocidad por el cruce, pero ningún vehículo disminuyó la velocidad para entrar en la urbanización.

Al girar a la derecha en la calle que eventualmente lo llevaría a donde vivía, se le erizaron los pelos de la nuca y se detuvo.

El traqueteo y el estruendo de un tren que pasaba llegó a sus oídos, y su piel se erizó. Se obligó a silbar para apartar su mente de los sonidos distantes. Su silbido no tenía melodía, pero su ritmo cardíaco comenzó a disminuir a medida que el ruido del tren se desvanecía.

Giró a la izquierda antes de la estación de tren de Barracks y aceleró el paso.

Frunció el ceño. Había reducido la dosis de sus pastillas hacía una semana, y aparte de un ligero mareo si se levantaba demasiado rápido, no había notado los efectos secundarios de los que el médico le había advertido. Se preguntó si la paranoia era uno que el doctor había pasado por alto.

Giró sobre sus talones y, al pasar bajo la siguiente farola, se levantó la manga de la chaqueta y miró su reloj. Eran las nueve y cuarto, y la mayoría de las casas por las que pasaba estaban a oscuras, con sus habitantes ocultos tras persianas y cortinas cerradas.

La calle estaba desierta.

¿O no lo estaba?

Miró una vez más por encima del hombro y luego tropezó. Decidido a mirar dónde pisaba, llegó a un cruce en T y cruzó la calle corriendo.

Sin embargo, la sensación de estar siendo observado

no lo abandonaba. Apretó los puños a los costados, con los sentidos alerta. No podía oír pasos por encima del sonido del tráfico distante; sin embargo, no podía sacudirse la sensación de que estaba bajo vigilancia. En su lugar, aceleró el paso y corrió los últimos metros hasta las puertas principales del bloque de pisos.

La acera ancha y agrietada daba paso a un empinado y estrecho terraplén de hierba que conducía hacia la planta baja de los pisos. Un puente de hormigón con barandillas a cada lado atravesaba la distancia entre la acera y el edificio y terminaba en una amplia puerta principal que utilizaban todos los residentes.

A los pisos de la planta baja se accedía por una escalera descendente desde el vestíbulo de entrada. Peter ignoró estas y subió corriendo las escaleras hasta su piso en el tercer piso.

Subió las escaleras de dos en dos y, sin importarle lo que pensaran los vecinos si por casualidad abrían la puerta delantera, corrió a lo largo del pasillo hasta la puerta de su piso.

Para cuando llegó, el sudor le corría por la cara. Se limpió la frente con la manga y sacó las llaves del bolsillo de sus vaqueros. Le temblaba la mano mientras insertaba la llave, y maldijo por lo bajo mientras intentaba girarla. Finalmente, la puerta se abrió, y se deslizó dentro, cerrándola de golpe detrás de él y asegurándose de que el mecanismo de cierre volviera a su lugar.

Se apoyó contra la puerta, jadeando, luego giró y colocó la cadena de seguridad por si acaso.

Después de unos instantes, se quitó la chaqueta y la colgó en el gancho junto a la puerta, para luego caminar por el pasillo hacia la sala de estar. Ignoró los interruptores de luz. La luz ambiental que se filtraba por el panel de cristal sobre su puerta principal era suficiente para iluminar la sala y permitirle navegar entre los muebles sin tropezar ni golpearse los dedos del pie. Se puso a gatas y gateó hacia la ventana delantera, luego se incorporó hasta poder mirar por encima del alféizar. La calle estaba desierta, excepto por un gato solitario que se escabulló entre dos coches aparcados.

Se quedó sentado un momento antes de ponerse de pie y correr las cortinas. Extendió la mano y encendió la pequeña lámpara de la mesa que tenía al lado, y luego se dirigió a la cocina.

Encendió el hervidor, alcanzó el frasco de plástico que estaba junto a los cuchillos de cocina, lo destapó y sacó su dosis diaria.

Su mirada se posó en la colección de pastillas en la palma de su mano.

Peter recordó la paranoia que se había apoderado de él mientras caminaba de regreso del pueblo, y devolvió dos de las pastillas al frasco.

—Cuanto antes deje de tomarlas, mejor.

CAPÍTULO 16

Caminaba junto al desgastado camino de acceso, cuya superficie había sido removida por la cantidad de vehículos de trabajo que habían estado subiendo y bajando por él durante las últimas dos semanas.

Había aparcado a unos cuatrocientos metros de distancia. Podría haberse acercado más en coche si hubiera querido, pero era más fácil así. No quería que su vehículo fuera visto tan cerca de las vías del tren.

El aire tenía un toque cortante, una frescura a solo unos pocos grados de una helada matutina. Inhaló el aroma terroso del camino de barro a su lado, teniendo cuidado de mantenerse en el borde de hierba para no dejar un rastro de huellas.

Su avance estaba camuflado por un alto seto de zarzas que separaba el camino de un campo en barbecho atravesado por un sendero público. Durante el fin de semana, la ruta estaría llena de varios grupos de caminantes que se dirigirían al pub del pueblo cercano.

Había estado observando al equipo de trabajo durante la última semana. Sabía que llegaban antes de las ocho en punto, para estar a tiempo para la reunión diaria de seguridad. Sabía que eran seis, de edades variadas, todos hombres.

Incluso había tomado el tren desde Maidstone hasta Kemsing para poder viajar por el tramo de vía en el que se estaban realizando los trabajos de mantenimiento.

Había visto entonces cómo podía llegar a su ubicación elegida.

Era perfecta.

Pronto llegó a las puertas y vallas temporales que se habían colocado a través del camino de acceso. Se acercó y extendió la mano para tocar la gruesa cadena enrollada alrededor de las puertas para mantenerlas seguras, con un gran candado manteniéndola unida.

Una leve sonrisa cruzó sus labios.

Sacó una llave de aspecto extraño de su bolsillo y la insertó en el candado.

Giró suavemente.

El sitio estaba desierto; faltaba al menos otra hora antes de que llegara alguien más. El viento le levantó el cabello mientras recorría con la mirada las tres oficinas temporales del proyecto que se habían instalado para uso del equipo. Hacia la parte trasera del pequeño sitio, se habían colocado dos baños temporales, las estructuras azul brillante, similares a cabinas telefónicas, un poco fuera de lugar en el paisaje por lo demás anodino.

La maquinaria abandonada había sido estacionada a un lado, un poco dentro del recinto, lo suficientemente lejos como para que los niños no se sintieran tentados a entrar para alcanzarla. Una enorme pirámide de balasto gris había sido vertida a su derecha, y rieles de acero estaban apilados junto a ella.

Una pequeña elevación hacia la parte trasera del sitio conducía a la vía férrea.

Se mantuvo atrás, sus oídos detectando el sonido revelador de un tren acercándose.

Se movió para ocultarse detrás de una de las oficinas temporales del proyecto, momentos antes de que el tren pasara volando, su bocina sonando a su paso.

Esperó unos momentos para asegurarse de que no pasaran otros trenes.

Aunque conocía los horarios de los trenes de memoria, siempre existía el riesgo de que una locomotora pudiera estar maniobrando entre estaciones entre los trenes de pasajeros.

Satisfecho de que no sería observado hasta que el próximo tren pasara en veinte minutos, se dirigió hacia la valla que separaba el sitio de trabajo y la vía. Había sido cortada y movida a un lado por los trabajadores de mantenimiento. La valla temporal que había desbloqueado estaba diseñada para evitar que el público accediera a la vía férrea.

Cruzó las vías hacia un borde de hierba áspera que abrazaba el borde del camino y conducía a un bosquecillo que protegía el sitio de la vista.

Gruñó, y sus hombros se relajaron un poco. Era mejor de lo que había esperado.

Más allá del campo, las casas más cercanas estaban

a otro kilómetro de distancia. Sabía esto porque había conducido por la carretera observando los jardines perfectos y el paisaje ondulado que los rodeaba.

También sabía por sus observaciones que los ocupantes de las tres casas más cercanas al campo con vista al ferrocarril estarían en el trabajo cuando él regresara.

Solo había un problema con tener una casa en una ubicación tan idílica. El tamaño de una hipoteca típica significaba un viaje temprano por la mañana a un trabajo en la ciudad y un regreso tardío a casa por la noche.

No habría nadie para observarlo.

Se alejó de las casas y regresó cruzando las vías. Se detuvo entre los dos juegos de rieles, sus botas con punta de acero hundiéndose un poco en la superficie irregular.

Levantó la cabeza y miró hacia el horizonte, los rieles desapareciendo bajo un puente peatonal a unos ochocientos metros de distancia. El puente peatonal estaba desierto, el canto de un mirlo era el único sonido que rompía el silencio. Un escalofrío recorrió su columna vertebral.

Sería tan fácil esperar el próximo tren. Solo faltaban unos minutos para que llegara, y no disminuiría la velocidad. Simplemente podría caminar frente a él en el último minuto, y el conductor no podría hacer nada al respecto.

O, si se movía un poco hacia la derecha, su bota

tocaría el riel electrificado y sería electrocutado en un instante.

Parpadeó y alejó la tentación de su mente.

No le pondría fin, no hasta que el proyecto estuviera completo.

Tenía un objetivo, y tenía la intención de cumplirlo.

CAPÍTULO 17

El teléfono del escritorio junto al codo de Kay sonó, y ella lo alcanzó mientras empujaba una pila de papeleo hacia un lado.

—¿Diga?

—Ya están los resultados de las huellas de neumáticos —dijo Harriet—. No te van a gustar.

—Suéltalo.

—Son de una marca barata, la misma que usa una franquicia de reparación y reemplazo de neumáticos en todo el país. Normalmente se montan en uno de los modelos de coche más pequeños. Sin marcas distintivas, desgaste normal.

—Mierda.

—Te entiendo.

—Lo siento, Harriet, sé que estás haciendo todo lo posible con lo que tienes.

—No pasa nada. A mí también me molestan los

misterios. Aunque tengo algo interesante para ti. Cuando analizábamos lo que quedaba de la cuerda alrededor del tobillo de la víctima, encontramos una uña incrustada en las fibras. Al principio pensamos que pertenecía a nuestra víctima, pero no coincide con su ADN. Así que…

—Pertenece a su asesino.

—Exacto. Te enviaré mi informe completo por correo electrónico en los próximos veinte minutos, pero pensé que querrías saberlo ahora para darte una ventaja.

—Gracias, lo aprecio.

Kay terminó la llamada y se apresuró a entrar en la oficina de Sharp.

—Obviamente, revisaremos los registros para ver si hay alguien que coincida con ese ADN —dijo después de ponerlo al día sobre su conversación con la investigadora forense.

—Bien —dijo Sharp—. Avísame si encontramos una coincidencia…

Se interrumpió cuando Debbie West llamó a la puerta y entró sin esperar respuesta.

—Necesita ver esto, jefe.

Le entregó una copia del periódico local abierto por la tercera página y señaló el artículo con el dedo.

Sharp maldijo.

—¿Qué pasa? —dijo Kay.

Sharp giró el periódico en sus manos para que Kay pudiera ver el titular. —Denise Abbott ha estado hablando.

Kay se levantó de su silla y le quitó el periódico, recorriendo el texto con la mirada. Gimió.

La viuda de Cameron Abbott había puesto en riesgo toda la investigación por su cuenta. Al hablar con un reportero y decirle que la policía se había puesto en contacto con ella para discutir un caso abierto, había alertado al asesino sobre su progreso.

—¿Cuánto daño crees que ha hecho? —dijo Debbie.

—Mucho de esto es conjetura —dijo Kay—. En ningún momento mencionamos que estábamos investigando un asesinato, solo que había habido otra muerte en el mismo tramo de vía férrea que su marido.

—¿Sospechaste que podría ir a los periódicos? —dijo Sharp.

—En absoluto. Parecía haber superado muy rápidamente la muerte de su marido. Estaba viendo a alguien más, que estaba en la casa cuando fuimos. No se presentó y se quedó arriba.

—¿Crees que fue él quien se puso en contacto con el periódico?

—Tal vez. Mira, le pediré a Barnes y a Carys que vayan a verlos a ambos y reiteren que no deben hablar con la prensa sobre esta investigación de nuevo.

—Hazlo. Haré que nuestro oficial de medios llame al editor del periódico y tenga unas palabras. Con suerte podremos salvar esto. —Sharp miró por encima de su hombro, y Kay siguió su mirada.

Su corazón se hundió.

El inspector jefe Larch se dirigía a grandes zancadas

hacia ellos a través de la sala de incidentes, con la cara del color de la remolacha.

—Debbie, vuelve a tu escritorio. No te necesitamos aquí —dijo Sharp.

Debbie salió apresuradamente de la oficina, con alivio en su rostro.

Larch cerró la puerta de golpe y Kay se preparó para el ataque.

—¿Qué demonios ha hecho, Hunter? —La apuntó con el dedo, con saliva en los labios. Le arrebató el periódico de las manos y se lo puso delante de la cara, con las manos temblando—. ¿Fue idea suya? Tenemos políticas de medios por una razón, oficial.

—Jefe, esto no tiene nada que ver con Kay —dijo Sharp, con voz calmada. Extendió la mano y bajó el periódico, ignorando la mirada fulminante del inspector jefe—. Denise Abbott decidió ir a la prensa por su propia cuenta. Solo podemos suponer que quería la atención, pero hemos encargado a Barnes y Miles que vayan inmediatamente a su casa para explicarle la naturaleza de nuestra investigación y pedirle que se abstenga de hablar con alguien más en los medios.

—No es suficiente, Sharp. Dondequiera que va Hunter, hay problemas. Arréglelo, por el amor de Dios.

Giró sobre sus talones, abrió la puerta de golpe y salió a grandes zancadas de la sala de incidentes.

Kay exhaló ruidosamente. —Gracias, jefe.

—No hay problema. Mira, sé que la tiene tomada contigo, pero no dejes que te afecte. Estamos bajo presión para resolver esto rápidamente. Larch está lidiando con recortes presupuestarios y objetivos de rendimiento, y no ha ocultado que estamos bajo escrutinio. Sigamos adelante antes de que algo más conspire para molestarlo.

Kay no pudo evitarlo. —¿O rodarán cabezas?

Los ojos de Sharp se estrecharon y trató de reprimir una sonrisa. —Has estado pasando tiempo con Barnes otra vez, ¿verdad? Debería…

Se detuvo a mitad de la frase cuando Carys entró corriendo en la habitación. —¿Jefe? Recibí una llamada de Lucas; dijo que debe revisar sus correos electrónicos. Ha logrado encontrar una coincidencia con los registros dentales de nuestra víctima.

—Reúne al equipo, Carys. Me uniré a vosotros en un segundo.

Corrió de vuelta a su ordenador, y Kay se apresuró a su escritorio para agarrar su libreta.

Un murmullo emocionado llenó la sala mientras el equipo abandonaba sus escritorios y se dirigía a donde Sharp estaba de pie con la espalda hacia la pizarra. No esperó a que se acomodaran. —Tenemos una identificación positiva de nuestra víctima.

La sala quedó en silencio.

—Lawrence Whiting. Cuarenta y cuatro años. Actualmente desempleado, había estado alquilando un piso en Larkfield durante el último año. —Le pasó el informe completo a Kay—. Todos saben qué hacer. Localicen y notifiquen a los familiares más cercanos.

Los datos de su médico de cabecera están en el informe, así que empiecen por ahí. Entrevisten a su familia y amigos, gestionen el acceso al piso. Alguien podría tener un juego de llaves de repuesto, de lo contrario, que el cerrajero vaya allí lo antes posible.

CAPÍTULO 18

Kay frunció el ceño cuando Barnes se cambió al carril interior de la circunvalación y tomó la autopista.

—Creía que habías dicho que la madre de Lawrence vivía en Allington.

—Solía vivir allí. Cuando hablé con la recepcionista de la consulta de su médico de cabecera, resultó que a su madre le habían diagnosticado los primeros síntomas de demencia. La recepcionista me dio el número de teléfono de la hermana. Ella y Lawrence acordaron trasladar a su madre a una residencia de ancianos al otro lado de Aylesford. La hermana, Grace, nos encontrará allí. Le he pedido a Hazel que también nos vea allí.

Hazel Aldridge era una de las oficiales de enlace familiar del equipo, cuyo papel consistía en proporcionar apoyo a las familias en duelo mientras se llevaba a cabo una investigación. Como miembro invaluable del equipo, Hazel tenía habilidades que la hacían la más indicada para proporcionar a la familia actualizaciones regulares sobre la investigación y lidiar con cualquier pregunta que pudieran tener sobre el proceso.

Kay admiraba mucho a cualquiera que asumiera ese papel, ya que a menudo podía ser muy confrontadora al tratar con la frustración y el dolor de otros.

Llegaron a la residencia de ancianos en veinte minutos, con un volumen de tráfico constante entre la salida diaria de los colegios y la hora punta de los trabajadores. Barnes estacionó el coche en un espacio junto al vehículo de Hazel y los guio hacia la zona de recepción.

A Kay le impresionó la sensación de falsa alegría creada por las coloridas plantas en macetas a ambos lados de la puerta principal y los colores brillantes que se habían aplicado a las paredes del área de recepción. La gruesa alfombra amortiguaba sus pasos mientras un leve rastro de desinfectante llenaba el aire.

Hazel se levantó de uno de los cómodos sillones de la recepción cuando entraron y les estrechó la mano a ambos. —Ya me he registrado y han arreglado para que podamos usar la sala de día mientras los otros residentes toman el té de la tarde en la cafetería.

Los hombros de Kay se relajaron un poco. Era típico de Hazel tomar el control de la situación, por lo que estaba agradecida. Firmó el registro después de Barnes, y la recepcionista les dio indicaciones para llegar a la sala de día.

—La señora Whiting y su hija ya están allí —dijo—.

La sala es toda suya durante los próximos cuarenta minutos.

Kay siguió a Barnes y Hazel por un pasillo alfombrado que parecía usar una cantidad exorbitante de beige en comparación con la alegre área de recepción. Aunque estaba bien iluminado, una sensación de tristeza se aferraba a las paredes, y la envolvió una sensación de que el tiempo se ralentizaba.

El pasillo terminaba en un juego de puertas dobles, ambas aseguradas abiertas, que conducían a la sala de día. Una selección de sillones había sido dispersada por el espacio en pequeños grupos, y Kay se sorprendió al encontrar que la decoración era moderna y animada en comparación con el pasillo. Se preguntó si el presupuesto de decoración interior solo llegaba hasta cierto punto, y a los lugares que probablemente serían más utilizados por las familias visitantes, y luego se reprendió por su cinismo.

Grandes ventanales con puertas corredizas daban a una terraza pavimentada que conducía a jardines bien cuidados bordeados por una hilera de abetos. Un televisor había sido fijado a la pared izquierda de la habitación, mientras que varios cuadros coloridos llenaban el yeso a su alrededor.

Una mujer se levantó de un sofá de dos plazas contra la pared derecha y se dirigió hacia ellos. Su cabello castaño corto había sido cortado en un bob severo, cuyos lados se metían detrás de las orejas, revelando dos pendientes en un lóbulo. Una mujer de aspecto sencillo, parecía haber envejecido prematuramente como si la salud de su madre y su hermano hubieran tenido un efecto perjudicial en la suya propia.

—¿Grace Whiting?

La mujer asintió.

—Soy la oficial de policía Kay Hunter. Lamento su pérdida.

La mujer le estrechó la mano y parpadeó para contener las lágrimas antes de secarse las mejillas con un pañuelo de papel arrugado que sostenía en la otra mano. —Gracias, oficial. Le he informado a nuestra madre, pero como puede ver, no estoy segura de que haya entendido.

Hizo un gesto hacia la mujer sentada en el sillón junto al sofá con una manta sobre las rodillas. La mujer sonrió e hizo un pequeño saludo antes de que la confusión se apoderara de sus facciones y dejara caer la mano en su regazo.

Kay presentó a Barnes y Hazel.

—Hazel será su oficial de enlace familiar mientras continuamos con nuestras investigaciones. Ella podrá responder cualquier pregunta que pueda tener sobre nuestro progreso y el proceso. ¿Le importaría si le hacemos algunas preguntas sobre su hermano?

—Está bien. ¿Nos sentamos aquí, y puedo hacerle compañía a mi madre al mismo tiempo?

Se dio la vuelta y se sentó en un segundo sillón, acomodando su falda gris de lana a media pantorrilla debajo de ella antes de envolver su rebeca amarillo pálido alrededor de sus hombros. Dejó caer las manos en su regazo y comenzó a jugar con la alianza en su dedo.

Barnes sacó su cuaderno, y Kay asintió en agradecimiento. Con uno de ellos tomando notas, podía concentrarse en escuchar a Grace.

—No éramos muy cercanos —comenzó—. Él tenía sus propios problemas de salud que afrontar, y cuando a nuestra madre le diagnosticaron demencia hace seis meses, quedó en mis manos cuidar de ella.

Kay notó el tono de amargura en la voz de la mujer.

—¿Alguna vez visitó a su madre aquí?

—No que yo sepa. Creo que estaba avergonzado. Luchaba por lidiar con su depresión y había logrado comenzar a enderezar su vida. No creo que quisiera la responsabilidad encima de todo lo demás.

—¿Cuándo fue la última vez que vio a su hermano?

—Hace unas cuatro semanas. Tenemos que poner la casa de mamá en venta para pagar su alojamiento aquí, así que estaba empezando a revisar sus cosas. Encontré algunas pertenencias suyas entre las cosas de ella en el ático y le sugerí que las revisara para ver si quería quedarse con algo. Pasó por allí, pero no se quedó mucho tiempo. Probablemente estuvo allí una hora como máximo, no más.

—¿Puede pensar en alguien que hubiera querido hacerle daño a su hermano?

—No. Cuando la depresión de Lawrence se volvió insoportable, perdió contacto con muchos de sus viejos amigos. Es la misma historia de siempre con las enfermedades mentales, ¿no? La gente no sabe cómo reaccionar o ayudar, así que se aleja. El problema es que cuando Lawrence se sentía mal, no podía evitar actuar como lo hacía. La gente lo interpretaba como grosería, pero simplemente era que no podía lidiar con estar rodeado de personas, le generaba demasiada ansiedad. Así que, respondiendo a tu pregunta, no se me ocurre nadie que quisiera hacerle daño, porque no socializaba con nadie.

—¿Cómo lo vio la última vez que lo encontró?

Una sonrisa triste cruzó el rostro de la mujer. —Se veía más saludable, como si estuviera comiendo adecuadamente y haciendo algo de ejercicio para variar. Mientras estuvo sin trabajo, aumentó mucho de peso, y los antidepresivos probablemente no ayudaron con eso. Pero cuando lo vi ese día, parecía más animado. Incluso estaba hablando de solicitar un trabajo que había visto en el periódico esa semana. Fue un cambio muy grande en su comportamiento porque cuando estaba enfermo, parecía haber perdido las ganas de vivir.

CAPÍTULO 19

Kay siguió a Gavin cruzando la calle hacia el bloque de pisos de tres plantas.

Después de localizar y hablar con la hermana de Whiting, Kay y Barnes habían pasado un tiempo con ella proporcionándole sus números de contacto y escuchando mientras Hazel explicaba su papel y disponibilidad, antes de marcharse con un juego de llaves de repuesto que ella tenía del piso de su hermano.

Ella no había querido acompañarlos.

—Pueden tomar lo que necesiten —dijo—. No creo que pueda enfrentarme a ir allí en este momento.

Kay había dejado a Barnes en la comisaría para que actualizara la base de datos de la investigación con sus notas, y se dirigió a Larkfield con Gavin a cuestas, para disgusto de Carys.

—Puedo ayudarte a registrar el piso —había dicho, después de llevar a Kay a un lado mientras su colega cogía su chaqueta.

—Me doy cuenta de eso —dijo Kay—, pero me llevo a Gavin. Tú ya tienes mucha experiencia en esto.

Decepcionada, Carys se había dado la vuelta y se había ocupado charlando con Barnes sobre los acontecimientos de la mañana.

Ahora, Kay insertó la primera de las tres llaves en una puerta cerrada que daba a un amplio pasillo flanqueado por el primero de los cuatro pisos de la planta baja.

Gavin se aseguró de que las puertas estuvieran cerradas detrás de ellos y que el mecanismo de seguridad se hubiera activado antes de dirigirse a los dos tramos de escaleras y a lo largo del rellano. Se detuvo en la segunda puerta a la derecha y miró los números de aluminio atornillados en su superficie.

—Es esta.

Hicieron una pausa para ponerse los guantes protectores sobre las manos y luego entraron en el piso.

Aparte de un ligero olor a humedad, el piso parecía estar limpio y ordenado. Un estrecho pasillo conducía a un dormitorio a la derecha con un baño al lado. La cocina y el salón habían sido renovados recientemente y formaban una gran zona de estar.

La luz tenue del día se filtraba por una ventana delantera que tenía las persianas venecianas bajadas para mayor privacidad. Un televisor descansaba sobre un mueble bajo debajo de la ventana, con el mando a distancia a un lado. Aquí y allá en las paredes, se habían colgado una selección de impresiones fotográficas baratas. Kay las reconoció de una tienda por la que solía pasar en el centro comercial Fremlin Walk.

Se movió por el umbral y entró en la cocina, sus ojos recorriendo las encimeras ordenadas: una botella de aceite de oliva estaba junto a la placa de cocción, y una selección de condimentos estaban alineados ordenadamente contra los azulejos que cubrían la pared. Se giró y abrió la puerta del frigorífico, y se sorprendió al ver una selección de verduras y frutas frescas entre los tarros de salsa para pasta a medio usar, mostazas y recipientes de plástico.

—Ciertamente se estaba cuidando —dijo Gavin.

—Su hermana nos dijo que recientemente se había interesado más por la alimentación saludable. Dijo que había engordado mucho debido a la depresión y los medicamentos que tomaba.

Gavin señaló un juego de pesas en la esquina. —De todas las víctimas que estamos investigando, parece ser el único que estaba empezando a enderezar su vida con cierto éxito.

Kay cerró de golpe la puerta del frigorífico. —Razón de más para averiguar quién lo asesinó. Bien, tú encárgate del dormitorio mientras yo continúo aquí. Veamos si hay algo que pueda ayudarnos.

Mientras Gavin pasaba, ella empezó a abrir los cajones debajo de la encimera. El cajón superior estaba ocupado por una selección de cubiertos, mientras que los tres siguientes contenían una mezcla de paquetes de pilas a medio usar, un juego de destornilladores, un mazo de cartas y varias cajas de plástico que, tras una inspección más detallada, contenían un pequeño kit de costura y artículos para lustrar zapatos.

Dirigió su atención a los armarios sobre la placa de cocción y apartó la colección de platos, tazas de café y cristalería.

Al no encontrar nada, se dio la vuelta y luego se agachó para abrir el armario bajo el fregadero, y cerró el suministro de agua.

Después de revisar los amplios armarios de alimentos, se trasladó a la zona de estar.

Chasqueó la lengua ante el estado de las estanterías y la colección de DVD. Las cajas de plástico estaban apiladas unas sobre otras de manera desordenada, y un paquete de cigarrillos arrugado yacía junto a una pila de libros.

Comenzó en la esquina superior izquierda de las estanterías y empezó a hojear las páginas de las novelas una por una, con la esperanza de descubrir un recibo o una nota.

No había nada.

Se dirigió al dormitorio donde Gavin estaba agachado a gatas, con la cabeza dentro del armario.

—¿Has encontrado algo?

Él se extrajo y negó con la cabeza. —Hay algunas cajas y cosas en el fondo aquí, pero nada de interés. Solo álbumes de fotos viejos y revistas. Algo de ropa vieja, parece que la usaba para jardinería o algo así. —Se enderezó y gesticuló alrededor de la habitación—. La cama estaba hecha. Nada debajo. Revisaré la mesita de noche en un minuto.

—De acuerdo, voy a ver qué hay en el baño.

Después de abrir la cisterna del inodoro para asegurarse de que no se hubiera escondido nada sospechoso dentro, Kay se dirigió al baño separado.

Un rociador de ducha colgaba sobre la bañera, con los controles de una bomba eléctrica fijados a la pared debajo, mientras que una unidad blanca simple con un amplio lavabo encima había reemplazado la unidad de lavabo original durante las renovaciones del propietario.

Kay abrió cada cajón de la unidad del tocador, revisando varios paquetes de pastillas para el dolor de cabeza y accesorios de afeitado, luego cerró el último de golpe con frustración.

A pesar de saber quién era su víctima, aún no estaban más cerca de averiguar por qué murió o quién lo había matado.

—¿Oficial?

Gavin apareció en la puerta con una agenda en la mano. —Encontré algo. La tarde que mataron a Whiting, tenía una cita con alguien llamado Simon Ancaster por la tarde. También hay un número de teléfono.

—Bien —dijo Kay—. Veamos qué tiene que decir el señor Ancaster, ¿de acuerdo?

CAPÍTULO 20

Una energía renovada llenó la sala de incidentes cuando Kay y Gavin regresaron, el equipo galvanizado ahora que tenían un nombre para su víctima y podían comenzar a reconstruir su pasado.

La atmósfera cargada estaba impregnada con el aroma del tóner de impresora y café quemado mientras el equipo de investigación estudiaba informes y otra documentación, tratando de armar el caso.

Kay se quitó la chaqueta de los hombros. El único problema con el sistema de calefacción central era que era temperamental. Algunos días, podía hacer un frío glacial en el piso de arriba y en otros como este, cuando estaba lleno hasta los topes con un equipo completo de investigación, el aire estaba estático.

Barnes a menudo se quejaba de lo frías que eran las salas de entrevistas en comparación, y Kay le había dicho que el aire caliente subía. Su respuesta fue hacer un comentario sobre todos los gerentes y jefes en el piso superior. Sonriendo ante el recuerdo, Kay colocó su chaqueta en el respaldo de su silla, sabiendo que en una hora el termostato podría reajustarse a una ráfaga ártica y todos estarían acurrucados en sus chaquetas tratando de mantenerse calientes.

Carys había superado su desánimo por haber sido excluida de la búsqueda después de descubrir que no se había encontrado nada para avanzar en la investigación, y parecía contenta de reír y bromear con Gavin mientras preparaban una ronda de té en preparación para la reunión informativa de la tarde.

Kay sonrió, transcribiendo sus notas en la base de datos del caso y respondiendo un par de correos electrónicos urgentes mientras escuchaba sus bromas de buen humor.

Dirigir una investigación de asesinato ya era bastante estresante, sin que el equipo se volviera conflictivo entre sí.

Miró su reloj. En una hora, la sala de incidentes se estaría vaciando para la tarde.

Se le había ocurrido una idea más temprano ese día, y era todo lo que podía hacer para tratar de concentrarse en la investigación. Su conversación con Adam a principios de semana seguía dando vueltas en su cabeza. Él tenía razón; sería un riesgo usar uno de los ordenadores en la sala de incidentes para realizar su propia investigación, pero no podía pensar en otra manera.

Se reclinó en su silla y echó un vistazo a la sala,

observando a sus colegas. Por mucho que disfrutara trabajando con ellos, le asustaba que uno de ellos pudiera ser responsable de culparla por la evidencia faltante que había llevado a la investigación de Estándares Profesionales. Había tenido cuidado de asegurarse de no dejar nada de naturaleza personal en su cajón del trabajo. Tampoco había nada en su casillero. Odiaba no poder confiar en nadie, pero ante todo tenía que asegurarse de descubrir la verdad y que nada pudiera usarse para comprometer su carrera nuevamente.

Al menos el jefe inspector Larch se había mantenido distante durante el resto del día. Cuanta menos interacción tuviera que manejar, menos sentía que estaba siendo constantemente juzgada. Cada vez que él estaba cerca, era como si estuviera esperando que ella cometiera un error para poder atacar.

Sin embargo, ahora que había tomado una decisión, la impaciencia amenazaba el sentido común. Era muy tentador usar la base de datos ahora para investigar el caso antiguo, pero había demasiada gente alrededor. No estaba segura de poder explicarse si uno de ellos veía lo que estaba haciendo. Sí, le había dicho a Adam que era natural que quisiera saber por qué la habían incriminado y qué había pasado con la evidencia faltante, pero aun así no quería tener que explicarse ante ninguno de sus colegas.

—¿En qué piensas?

Saltó al oír la voz de Barnes sobre su hombro. —Lo siento, no te oí.

—Sí, parecías estar sumida en tus pensamientos. ¿Qué pasa?

—Está bien. Nada. Solo estoy tratando de ordenar mis ideas para escribir mi informe de hoy.

—¿Descubriste mucho en el piso de Whiting?

—Realmente nada en absoluto. Tuve la impresión de que su hermana tenía razón y que estaba tratando de enderezar su vida nuevamente. El refrigerador estaba repleto de comida saludable y tenía un juego de pesas en la sala de estar. Sin embargo, no encontramos nada que sugiriera que conocía a su asesino o por qué fue asesinado. No había drogas en el piso. Solo algunas pastillas para el dolor de cabeza, así que esto no parece ser un trato de drogas que salió mal ni nada por el estilo.

—Y no estaba en el programa de rehabilitación. — Barnes se sentó en su silla con un suspiro mientras Carys y Gavin se acercaban—. Así que no parece que los dos que entrevistamos sobre el programa estén involucrados entonces.

—Tiene algo que ver con los antidepresivos —dijo Kay—. De alguna manera, parece correcto.

—Pero aparte del curso de conducción bajo los efectos del alcohol, no hemos encontrado nada que conecte a Lawrence con los otros dos —dijo Carys.

—Y no encontramos ningún antidepresivo en el piso de Whiting —agregó Gavin—. Es posible que se los hayan recetado una vez, pero ya no.

—He estado pensando en eso y no tiene sentido. Lucas logró tomar algunas muestras de sangre y su informe indica que hay rastros de antidepresivos en el sistema de Whiting, así que ¿dónde está su suministro?

—¿Crees que su asesino los retiró del piso? —dijo Carys.

—Tal vez. Estoy esperando hablar con el médico de cabecera de Lawrence —dijo Kay—. Para ver si podemos averiguar por qué le recetaron antidepresivos en primer lugar y cuándo fue su receta más reciente. Tiene que haber un vínculo allí en alguna parte.

—¿Cuándo vas a verlo?

—Su recepcionista dijo que solo trabaja tres días a la semana. Lo hemos perdido esta tarde, así que espero que me devuelva la llamada pasado mañana.

—¿Qué hay del historial laboral de Whiting o algo así?

—Ha estado sin trabajo durante un par de meses. Tuvo un trabajo apilando estantes en una ferretería durante unos seis meses antes de eso, pero según su hermana, cuando la depresión y la ansiedad de Lawrence se volvieron demasiado, no pudo lidiar con ello. Parece que sus empleadores intentaron hacer lo que pudieron, pero al final tuvieron que despedirlo. ¿Tal vez eso le dio el incentivo para tratar de trabajar con su enfermedad para mejorar su vida? Será interesante ver lo que su médico de cabecera tiene que decir, eso es seguro.

Barnes apuntó con su bolígrafo a Carys y Gavin. —Sería una buena idea que ustedes dos fueran a hablar con su gerente en la ferretería mañana. Averigüen qué tipo de problemas causó su depresión y si sucedió algo allí que llevó a su asesinato.

—Lo haré —dijo Carys—. ¿Hay algún amigo suyo con quien podamos hablar también?

Kay negó con la cabeza. —Según su hermana, muchos de sus amigos se alejaron a medida que su depresión empeoraba. No pudo darnos una lista de nadie con quien pudiéramos hablar, pero Gavin está tratando de contactar a alguien llamado Simon Ancaster, cuyos datos encontramos en el diario de Whiting. Mientras tanto, si el empleador de Lawrence tiene otros contactos con los que podamos hablar, toma nota de ellos mientras estés allí. Necesitamos toda la ayuda posible en este momento para lograr un avance.

Miró por encima del hombro cuando Sharp salió de su oficina. —Muy bien, pongamos al jefe al día durante esta reunión, y con suerte mañana tendremos mejor suerte.

CAPÍTULO 21

Metió las manos en los bolsillos del anorak ligero y redujo el paso a lo que esperaba fuera un paseo despreocupado.

El hombre estaba varios metros por delante de él, completamente ajeno a que estaba siendo observado, y que cada movimiento que había hecho durante el último mes había sido cuidadosamente vigilado y registrado.

Ahora, era el momento de poner a prueba toda su cuidadosa planificación.

Se había quedado despierto hasta tarde la noche anterior, revisando y volviendo a revisar sus cálculos. Una vez que el sol se había ocultado tras los árboles al fondo del jardín, había corrido las cortinas para que el vecino no pudiera ver a través de la ventana y preguntarse por qué estaba trabajando hasta tan tarde en el garaje.

Una calma lo invadió mientras caminaba, la figura de su objetivo serpenteando entre otros peatones.

Había hecho la llamada telefónica temprano esa mañana. Había esperado hasta que la calle afuera se hubiera calmado, sus vecinos desapareciendo para ir al trabajo o a sus compras habituales. Sabía que el hombre no salía mucho de su apartamento, y que su vida diaria probablemente giraba en torno a ver el mundo pasar por su ventana. Una llamada telefónica a media mañana sería inesperada.

Sus suposiciones habían sido correctas. El hombre había contestado el teléfono, su voz cautelosa.

Le explicó que le gustaría reunirse, que había pasado demasiado tiempo desde la última vez que se había puesto en contacto.

El hombre pareció receloso al principio, pero finalmente accedió a reunirse más tarde ese día después de que le explicara por qué deberían hablar.

Ahora, aceleró el paso para mantener al hombre a la vista.

Su hombro chocó contra una mujer cargada de bolsas de compras, y se disculpó en voz baja.

Ella refunfuñó por lo bajo, pero se apresuró a pasar junto a él después de hacer contacto visual, y él se preguntó qué vería ella allí.

¿Parecía un asesino?

Sospechaba que no. Eso era lo que funcionaba a su favor.

Se había sorprendido por su apariencia en el reflejo de la ventana del supermercado por el que había pasado antes. Reconocía que su proyecto se había convertido en una obsesión, pero no había tenido en cuenta el efecto que tendría en su cuerpo.

Intentó recordar cuándo había comido bien por última vez. En estos días, parecía sostenerse con una dieta de café y comidas para llevar ocasionales. Había perdido peso, de eso estaba seguro. No tenía una báscula de baño, pero había tenido que apretar su cinturón un agujero extra en los últimos dos meses, y sus camisas parecían más sueltas.

Los cálculos y planes en los que había trabajado durante semanas daban vueltas en sus pensamientos. Cuando había empezado, se había llevado sus notas consigo. Había tenido tanto miedo de haberse equivocado en sus cálculos. No debería haberse preocupado. Su mente seguía siendo aguda, y todo había salido según lo planeado.

Su confianza había crecido con cada proyecto completado.

Hasta la última vez.

La vieja paranoia había vuelto. Se reprendió a sí mismo pensando que sus planes habían sido comprometidos. Había querido mantener el control todo el tiempo; sin embargo, la policía estaba ahora involucrada, y eso cambiaba las cosas.

El hombre frente a él llegó al paso de peatones, y él se contuvo, no queriendo ser visto. Todavía no. No podía revelarse hasta el momento adecuado. Se giró, como si leyera un anuncio en la parada de autobús cercana, y esperó hasta que oyó el familiar *zap* de las luces del cruce.

Dejó que el hombre cruzara delante de él y luego lo siguió por la concurrida calle. Cuando pasaron frente a la oficina de correos, el hombre dirigió su atención a las bulliciosas multitudes en la calle Wheeler, luego decidió continuar hacia adelante.

Sonrió. El hombre era predecible.

Antes de la llamada telefónica de esta mañana, había seguido al hombre durante las últimas semanas. Nunca había sido visto; había sido demasiado cuidadoso. No podía permitirse que el hombre lo notara, aún no, de lo contrario todo el plan podría desmoronarse.

No le había mentido cuando habló con él esta mañana. Había pasado mucho tiempo desde que había hablado con cualquiera de ellos. Después de todo lo que había pasado, todos se habían alejado. Sus puños se apretaron en sus bolsillos.

Después de unos pasos, su presa giró a la derecha y continuó caminando por un estrecho callejón peatonal que los llevó junto al pequeño teatro. El hombre miró a la izquierda y a la derecha de la calle y luego cruzó corriendo hacia las puertas de un pub.

Satisfecho de que su objetivo estuviera en el lugar de encuentro designado, esperó un momento y se apoyó contra la pared del teatro. Miró hacia el cielo. La capital de condado aún no se había librado del amargo frío del invierno, y pesadas nubes revolvían el cielo gris. Era hora de entrar, antes de que empezara a llover.

Empujó las estrechas puertas dobles para entrar en el pub y se dirigió hacia la barra. Sabía dónde se sentaba el hombre, pero desvió la mirada. Quería controlar la situación y hacer que el hombre viniera a él.

Era importante.

—¿Qué vas a tomar?

—Media pinta de cerveza amarga.

Metió la mano en el bolsillo para sacar algunas monedas sueltas y entonces oyó una silla siendo empujada hacia atrás sobre el suelo de parquet.

Sonrió.

Esto iba a ser incluso más fácil de lo que pensaba.

CAPÍTULO 22

Kay miró por encima de su hombro al oír voces, luego se relajó al darse cuenta de que los limpiadores estaban trabajando de habitación en habitación.

No tocarían nada en la sala de incidentes; cada persona era responsable de poner su papelera fuera de la puerta lista para ser vaciada, y cualquier cosa de naturaleza confidencial que no fuera necesaria para el archivo del caso iría a un contenedor de residuos confidenciales ubicado afuera de la oficina de Sharp.

Extendió la mano hacia la taza de café que tenía al lado, pero retrocedió al darse cuenta de que la porcelana estaba helada.

Apartó el café y se conectó a la base de datos HOLMES2, antes de esperar mientras el servidor se ponía al día con sus rápidas pulsaciones de teclas. Sus ojos se posaron en el reloj que se mostraba en la esquina inferior derecha de la pantalla. No quería llegar tarde; era raro que ella y Adam pasaran tiempo juntos durante la semana, pero habían pasado semanas desde que había conseguido tener la oficina para ella sola, y no podía acceder a la base de datos en casa.

No podía arriesgarse durante el día, no con tanta gente alrededor.

Se mordió el labio. No dudaba de que pudiera confiar en los demás miembros del equipo, pero después de las consecuencias de la investigación de Estándares Profesionales sobre la evidencia perdida que había puesto fin a su promoción a inspectora, y las inferencias tácitas de que había sido ella quien había perdido esa evidencia a propósito, no estaba dispuesta a arriesgar la carrera de nadie más.

Especialmente cuando no estaba segura de en quién podía confiar.

Todavía no.

Se había probado su inocencia, pero los rumores permanecían, y se encontraba con un aire de desconfianza entre muchos de sus colegas.

Finalmente, el ordenador se puso al día con sus pulsaciones de teclas y abrió el archivo del caso en el que había estado involucrada.

Jozef "Joe" Demiri era uno de los personajes más desagradables del condado. La Policía de Kent había estado monitoreando sus actividades durante los últimos dos años, pero hasta la fecha no había tenido éxito en recopilar suficiente información para acusarlo.

Originario de Albania, dirigía una red de lacayos y hombres de confianza que llevaban a cabo su trabajo, asegurándose de que ninguna de sus actividades criminales pudiera ser utilizada en su contra. Kay y sus colegas, incluido el inspector jefe Larch, estaban convencidos de que Demiri estaba involucrado tanto en el tráfico de drogas como en el de personas, pero la gente que empleaba estaba demasiado aterrorizada para hablar, tal era su reputación de violencia contra aquellos que intentaban traicionarlo.

La costa sur de Kent estaba empezando a ganarse una reputación por el tráfico de personas debido a la falta de recursos disponibles para patrullar las aguas del Canal de la Mancha. El país plano y las playas alrededor de los antiguos Cinque Ports proporcionaban una amplia oportunidad para que los barcos entraran en las aguas con su preciosa carga.

Había sido pura casualidad lo que llevó al avance que buscaban. Una patrulla uniformada había detenido una furgoneta perteneciente a uno de los hombres de Demiri y durante un registro del vehículo, se había descubierto una pistola de 9 mm envuelta en una sudadera vieja y metida debajo del asiento del pasajero.

El conductor había sido arrestado, y a Kay se le había encomendado liderar la investigación. Se suponía que sería la que la llevaría a su promoción a inspectora.

El sospechoso se había negado a hablar, pero se habían tomado tres juegos de huellas dactilares del arma. Un juego pertenecía a su sospechoso, mientras que los otros dos permanecían desconocidos, y Kay estaba decidida a vincular el arma con Demiri.

Debería haber sido el avance que necesitaban, pero no podían llegar a él. En el momento en que el conductor fue arrestado, Demiri estaba fuera del país. Las consultas a sus oficinas en la empresa de software que poseía en Ashford resultaron en que Kay y sus colegas fueran informados de que estaba asistiendo a reuniones en el continente y no volvería en avión durante una semana.

Kay se había instalado en una espera impaciente, decidida a arrestar a Demiri a su regreso.

Entonces el arma había desaparecido del armario de pruebas y su mundo se había desintegrado.

Ahora, se abría paso a través de los diferentes módulos de la base de datos, sus ojos escaneando las numerosas notas y registros que ella y sus colegas habían introducido en el sistema.

Cada conversación telefónica, entrevista, registro de evidencia y otras líneas de investigación eran registradas por el equipo que trabajaba en el caso. Un oficial de pruebas había sido encargado de registrar los diversos artículos que habían incautado en el curso de la investigación, incluyendo teléfonos móviles, llaves de propiedades que habían sido registradas y el arma.

El dedo de Kay se congeló sobre el ratón y luego frunció el ceño y volvió dos pantallas atrás para asegurarse de que no se equivocaba.

No se equivocaba.

Maldijo en voz baja.

El registro que describía el arma que se había presentado como evidencia había desaparecido.

Desplazó el cursor del ratón arriba y abajo de la

página, pero era inútil. Alguien había borrado el registro.

El pánico amenazó con abrumarla, y se limpió el cosquilleo de sudor en la línea del cabello.

Tenía que haber una explicación.

Se estrujó la memoria. Recordaba que había una manera de consultar el historial del archivo en línea; una forma de averiguar quién introducía cada actualización, pero no estaba segura de si aún tendría derechos de administración (el inicio de sesión secundario que se necesitaba para revisar esos registros), no después de su regreso al servicio activo.

—Solo hay una manera de averiguarlo —murmuró.

Movió el ratón cuando la pantalla empezó a oscurecerse, y la pantalla se iluminó inmediatamente. Colocó el cursor sobre una opción de menú diferente, hizo clic con el ratón y mentalmente cruzó los dedos.

Un mensaje emergente apareció en el centro de la pantalla.

Contraseña aceptada. Por favor, espere.

Kay exhaló.

Se inclinó hacia adelante, contando los segundos en su cabeza mientras esperaba que se descargara la información.

Entonces, después de unos segundos, un solo nombre apareció en la pantalla.

Kay se recostó en su silla y parpadeó.

—No puede ser —susurró.

CAPÍTULO 23

Kay entró por la puerta de su casa y se encontró con un pasillo lleno del aroma de una cena asada.

Su estómago rugió antes incluso de que hubiera deslizado la cadena sobre el cerrojo y asegurado el pestillo.

—Huele divino —dijo al entrar en la cocina, esforzándose por que su voz sonara animada.

Adam sonrió, con una pieza de carne en una bandeja para asar entre sus manos cubiertas con guantes de horno. —Dices eso de todo lo que vas a comer.

—Tengo hambre.

—Me lo imaginaba. Ve a cambiarte la ropa de trabajo. Yo tengo esto bajo control.

Se quitó el bolso del hombro y salió de la habitación mientras él abría la puerta del horno, dejando que el dulce aroma de las patatas asadas la siguiera.

Apartó el pensamiento del registro de evidencias desaparecido al fondo de su mente. No podía permitirse el lujo de darle vueltas; Adam se preocuparía y ella aún tenía un asesinato que resolver.

Su mente se dirigió a la muerte del hombre en las vías del tren, y sacó su cuaderno para ponerse algunos recordatorios para el día siguiente. Le gustaba el desafío, y cuanto más trabajaba con Sharp, más parecía confiar él en su juicio. Se dio cuenta de que era el impulso de confianza que necesitaba en ese momento, y la sensación de que su vida volvía a la normalidad la hizo más decidida a renovar su ambición de convertirse en inspectora.

Se desvistió rápidamente, tiró su ropa de trabajo al cesto de la ropa sucia y se puso un suéter y unos vaqueros. Caminando descalza por el pasillo, se detuvo en la puerta de la oficina de casa.

Se quedó en el umbral, consideró brevemente si encender el ordenador y trabajar durante media hora antes de que Adam sirviera la cena, y luego descartó la idea. Necesitaba tiempo para reagruparse, para organizar sus pensamientos antes de intentar continuar su investigación. Era consciente de que, de lo contrario, podría acabar dando vueltas en círculos.

Necesitaba un avance, y no lo iba a encontrar en su ordenador de casa.

En su lugar, cerró la puerta y bajó las escaleras.

—¿Puedo ayudar en algo? —dijo, echando un vistazo a las verduras frescas que Adam había puesto sobre la tabla de cortar.

—Todo bajo control. Podrías darle de comer a Holly, si quieres.

Al oír su nombre, la gran perra se levantó de su cama y se acercó a su cuenco, con la lengua colgando y una sonrisa en los ojos. Su cola golpeaba el lado del banco de trabajo mientras esperaba.

Kay echó dos porciones de comida en el cuenco de Holly y lo puso en el suelo junto a la puerta trasera.

La Gran Danés se acercó, olfateó la comida una vez y luego se puso a comer.

—Mmm. Comida para perros otra vez.

—Está contenta. No te burles. —Kay volvió a meter la cuchara de plástico en la bolsa de comida para perros y cerró la parte superior, luego se lavó las manos y miró por encima de su hombro—. ¿Qué has estado haciendo hoy?

Adam se unió a ella en el fregadero y la rodeó con sus brazos, con la barbilla sobre su hombro mientras miraba por la ventana de la cocina. La luna se había elevado sobre la línea de árboles más allá de la valla trasera, y ahora el cielo comenzaba a salpicarse con las estrellas más cercanas de la noche.

Señaló hacia el fondo del jardín. —Tienes un candado nuevo en el cobertizo del jardín, he cambiado las cuchillas del cortacésped y he reorganizado tu colección de CDs por el color de la portada del álbum.

Ella se giró para mirarlo. —No lo has hecho.

Su boca se torció. —Te pillé.

—Cabrón.

Él sonrió y la besó. —Sí, pero me quieres.

—Menos mal. —Cogió el paño de cocina y le dio un golpe con él.

Él se rio y cruzó la habitación hasta el horno antes de sacar el plato de cristal, cuyo contenido chisporroteaba. Dio media vuelta y lo colocó sobre la tabla de cortar, y luego tomó el cuchillo de trinchar que Kay le entregó.

La perra caminaba impacientemente por el suelo, y Kay abrió la puerta trasera para dejarla salir.

Una brisa le levantó el flequillo de la frente y respiró hondo, saboreando la frescura mientras estaba de pie en el escalón de la puerta trasera. Cruzó los brazos sobre el pecho e intentó relajarse. A pesar de todo, todavía tenía a Adam, un techo sobre su cabeza y un trabajo que amaba.

Se hizo a un lado para dejar entrar a Holly y cerró la puerta con llave.

—Justo a tiempo —dijo Adam—. La cena está servida.

Después de apilar los platos en el lavavajillas, Kay siguió a Adam hasta la sala de estar, con Holly caminando tras ellos.

La perra se acurrucó en la alfombra frente a las estanterías contra la pared del fondo, y ellos se desplomaron en el sofá.

Kay suspiró y se palmeó el estómago. —Estoy llena.

Adam rellenó su copa de vino con la botella que había traído de la cocina y se la ofreció.

—Solo un poco, gracias.

—¿Estás de guardia esta noche?

—No, pero Sharp nos quiere temprano. No quiero tener la mente nublada por la mañana.

Se acomodaron en los cojines, y Adam pasó por los canales de la televisión hasta que encontró un concurso musical que ambos disfrutaban.

Pronto, estaban gritando sus respuestas a la pantalla y riéndose de los intentos del otro por superar al contrario.

Dos horas más tarde, Kay había decidido irse a dormir.

Excepto que no podía conciliar el sueño.

La suave respiración de Adam le hacía cosquillas en el oído; se había quedado dormido con el brazo alrededor de ella y ella trataba de no moverse para no despertarlo, de lo contrario se sentiría tentada de encender su lámpara de noche y leer un rato.

La casa crujía mientras comenzaba a enfriarse; la calefacción central se había apagado hacía tres horas y no volvería a encenderse hasta las primeras horas de la mañana.

Debajo del dormitorio, Holly se removía en su cama en la cocina; Kay podía oírla a través del monitor para bebés y contuvo la respiración por si necesitaba despertar a Adam porque los cachorros estaban en camino. Exhaló cuando la perra se quedó en silencio antes de que suaves ronquidos emanaran a través del monitor, y sonrió.

Un coche pasó por fuera, los faros brillando en el techo entre las grietas de la cortina. Redujo la velocidad al pasar frente a la casa, y Kay frunció el ceño, preguntándose quién podría ser a esas horas de la noche. Finalmente, aceleró mientras navegaba por la curva de la carretera a la izquierda de la casa, su motor desvaneciéndose en la distancia.

Kay cerró los ojos e intentó relajarse.

La despertó bruscamente el sonido de su móvil en la mesita de noche junto a ella.

Miró con ojos soñolientos el número que aparecía en la pantalla y gimió.

Adam retiró el brazo de su hombro.

—¿Problemas?

—Sharp —respiró hondo antes de contestar—. ¿Jefe?

Escuchó la voz de Sharp, su tono cortante y tenso, luego murmuró que entendía y terminó la llamada.

Adam frunció el ceño.

—¿Qué pasa? —dijo, mientras ella se deslizaba fuera del calor de las sábanas y empezaba a vestirse.

—Tengo que irme. Ha habido otro.

CAPÍTULO 24

Kay le echó un vistazo al rostro pálido de Barnes y se alegró de que, cuando acudió a la escena la noche anterior, Sharp la hubiera asignado a entrevistar al conductor del tren junto con Dave Walker.

—Si hubiera sabido lo terrible que iba a ser —dijo él—, habría prescindido de la cena anoche.

Kay se frotó los ojos cansados e intentó apartar de su mente el recuerdo de la última víctima, y volvió al ordenador para leer las notas que se habían actualizado esa mañana. —Esta vez no hubo testigos. El conductor del tren declaró que no vio nada que indicara que hubiera alguien más en las proximidades. La primera vez que vio el cuerpo en las vías fue cuando sus faros lo iluminaron. No tuvo tiempo de detenerse.

Barnes miró fijamente su café, pero no dijo nada.

—¿Ha habido algo que indique que esto es otro asesinato y no un suicidio? —preguntó Sharp.

—No quedaba mucho con lo que trabajar, jefe —

dijo Kay—. Creo que nuestro asesino aprendió de la última vez. Fuera lo que fuera lo que usó para mantener a su víctima en esas vías, no la ató. No hay evidencia de que se usaran cuerdas o bridas de plástico.

—¿Drogas?

—Si usó una droga para violación, va a ser condenadamente difícil para Lucas encontrarla en las partes del cuerpo con las que tiene que trabajar.

—Entonces, tal vez sea un suicidio.

—No estoy convencida. No tan pronto después del último.

El teléfono junto al codo de Carys sonó, y Sharp le hizo un gesto para que contestara.

—Tendremos que seguir dos líneas de investigación, la del suicidio y la del asesinato, hasta que una de ellas quede descartada —dijo—, y eso no va a ser fácil, dado que tampoco sabemos quién es este tipo.

—¿Y si no ha parado? —dijo Barnes—. ¿Y si solo está empezando?

—¿Y por qué empezar ahora? ¿Por qué solo ha empezado a matar en los últimos siete meses? ¿Qué lo ha desencadenado? —dijo Gavin.

Sharp tomó uno de los rotuladores y añadió sus preguntas a la pizarra. —Sea quien sea, conoce bien la red. Está demasiado familiarizado con las rutas de entrada y salida de las escenas del crimen.

—¿Qué hay de los aficionados a los trenes? —dijo Gavin.

—Vale la pena tenerlo en cuenta, pero normalmente

se quedan en las estaciones. Están más interesados en las locomotoras que en las rutas.

—Olviden el suicidio. Es un asesinato —dijo Carys. Colgó el teléfono y se giró en su silla para mirar al equipo—. Era Harriet al teléfono. Su equipo de Investigación de la Escena del Crimen acaba de confirmar que, aunque no se encontraron rastros de cuerda ni nada parecido en la víctima, una sustancia encontrada en la parte posterior de sus tobillos ha dado positivo como un fuerte adhesivo. Del tipo que se usa en lugar de clavar clavos en una pared.

—Jesús —dijo Barnes, rompiendo el silencio conmocionado—. Es un monstruo.

Sharp caminaba por la alfombra frente a la pizarra. —¿Ha confirmado Harriet si se encontraron otras huellas dactilares en la ropa de la víctima?

Carys negó con la cabeza. —Debía llevar guantes. Sea quien sea, está bien preparado.

—No solo sabe cómo acceder a áreas de las vías sin ser visto, ahora no está dejando ninguna evidencia —dijo Kay—. Está aprendiendo de sus errores. Tuvimos suerte de que cuando Lawrence Whiting fue asesinado, se moviera de manera que el tren le seccionara la pierna por encima del tobillo y tuviéramos la cuerda como evidencia. Si hubiera permanecido inconsciente y no se hubiera movido, las ruedas del tren habrían destruido la evidencia, tal como nuestro asesino había planeado originalmente.

—Las huellas que el equipo de Harriet encontró junto a las vías del tren —dijo Kay, girando de lado a lado en su silla mientras miraba la pizarra—. Todos asumimos que las dejó nuestro sospechoso cuando abandonó la escena antes de que llegara el tren. ¿Y si no se fue? ¿Y si se quedó?

—¿Para mirar, quieres decir? —Barnes arrugó la nariz—. Eso es enfermizo.

—Cierto. Pero también lo es atar a un hombre indefenso a una vía de tren.

—No tiene sentido —dijo Barnes—. ¿Por qué esperar tanto tiempo entre asesinatos si es la misma persona? Ha dejado pasar algo así como un mes entre el primero y el segundo, dos meses entre el segundo y el tercero, y otros dos meses antes de que Whiting fuera asesinado.

—Podría ser porque si lo hiciera con demasiada frecuencia, levantaría sospechas.

—¿Cuál demonios es su motivo? —dijo Sharp.

—No es frenético; no es como si tuviera una lujuria insaciable por matar —dijo Kay—. Todo lo que ha hecho hasta ahora ha sido meticulosamente planeado, incluso los lugares son conocidos puntos de suicidio, y hasta hace poco nadie más había estado cerca para verificar que es un asesinato. Si Elsa Flanagan no hubiera estado paseando a su perro la otra noche, no nos habríamos enterado de nada.

—Así que es menos probable que cometa un error —dijo Barnes—. Lo cual no nos ayuda.

Kay señaló el mapa clavado en la pared. —Y, dada la longitud de la vía y las diferentes rutas que cubren esta área, no tenemos idea de dónde podría ir a continuación. Según Dave Walker, tienen cámaras de videovigilancia en todas las estaciones y en algunos de los puentes que se han usado como puntos de salto; el resto de la red no está vigilada.

—¿Qué tipo de persona haría esto? —dijo Carys—. Es horrible.

—Alguien que quiere venganza —Kay tiró su bolígrafo—. Pero ¿por qué? Y, ¿por qué el segundo tan rápido?

—Tal vez porque el último salió mal: la víctima pudo gritar pidiendo ayuda —dijo Carys—, y probablemente ha adivinado que alguien lo escuchó; si todavía estaba en la zona, podría haber visto llegar a los primeros en responder.

—¿Como una especie de pirómano, quieres decir? —dijo Barnes.

Carys asintió. —Exactamente.

—Eso no tiene sentido —dijo Gavin—. Si sabe que nosotros lo sabemos, seguramente esperaría, aguardaría su momento, por así decirlo, y se escondería.

Kay retrocedió como si le hubieran dado una bofetada. —Mierda, eso es —dijo, y miró a sus colegas.

—Tiene una lista. Cualquiera que sea su motivo para matarlos, sabe que estamos tras él, así que ha cambiado su patrón. Quiere asegurarse de matarlos a todos.

CAPÍTULO 25

Abrió los ojos cubiertos de legañas y entrecerró la mirada ante la brillante luz del sol que se colaba por una rendija de las persianas.

Motas de polvo danzaban en el aire mientras él miraba fijamente al techo e intentaba combatir el agotamiento que amenazaba con engullirlo. Giró el cuello y echó un vistazo al despertador en la mesita de noche.

Las diez en punto.

Se incorporó hasta quedar sentado, alargó la mano para alcanzar el frasco de pastillas junto a la lámpara de lectura y se tragó dos con ayuda del contenido del vaso de agua que había dejado la noche anterior.

Podía oír a su vecina afuera, silbando mientras tendía la ropa. La melodía excesivamente alegre oscureció aún más su estado de ánimo. Apartó la funda del edredón de un tirón y se dirigió a zancadas hacia el baño.

Mientras estaba bajo los chorros calientes de la ducha, su mente se centró en el calendario del proyecto.

Anoche había salido bien. Esta vez, había llevado a cabo una evaluación de riesgos adecuada. No había habido posibilidad de que lo descubrieran, ni a su víctima, antes de que el tren tuviera la oportunidad de acabar con su vida.

Había sido perfecto. El hombre solo había empezado a recobrar el sentido momentos antes de que se acercara el tren.

Alcanzó el jabón y se enjabonó el cuerpo, mientras recordaba la confusión en los ojos del hombre cuando intentó levantar la cabeza solo para descubrir que no podía. Puede que estuviera aturdido, pero estaba lo suficientemente consciente como para gritar cuando el tren se abalanzó sobre él.

Se secó, se vistió y bajó a la sala de estar. Miró a través de las cortinas de encaje, pero la calle estaba en silencio. Todos los demás se habían ido a trabajar o, como su vecina, estaban ocupados con las tareas domésticas.

Para él era diferente. Era un hombre de ocio, sin necesidad de trabajar.

Esos días habían terminado.

Caminó de vuelta por el pasillo y salió por la puerta trasera, sacó una llave del bolsillo y deambuló hasta la esquina donde se encontraba el garaje alargado al lado de la casa.

Había ampliado la estructura para crearse un taller varios años atrás. Cuando trabajaba, se había dedicado al torneado de madera y había pasado horas tallando trozos de árboles viejos para convertirlos en regalos para sus amigos y compañeros de trabajo.

Todo eso había cambiado.

Echó un vistazo por encima de su hombro hacia el jardín, luego entrecerró los ojos ante el cielo azul, antes de hacer una nota mental para cortar el césped antes de volver a la casa.

No estaría bien dejar que el lugar se fuera a pique, aunque su mente se sintiera como si estuviera desintegrándose.

Además, lo mantendría fuera de la casa un rato más.

Se volvió e insertó la llave en la cerradura y la giró; la puerta se abrió fácilmente sobre unas bisagras bien engrasadas.

Cerró la puerta con llave tras de sí, su mano encontrando automáticamente el cordón para las luces a su derecha.

Cuatro tubos fluorescentes parpadearon hasta encenderse entre los aleros del garaje, iluminando las telarañas entre las vigas del techo. Había insistido en instalar un techo a dos aguas después de ver el daño que una tormenta invernal había causado al garaje de techo plano de su vecino cuando la lluvia se había acumulado tanto en poco tiempo que toda la estructura se había derrumbado sobre el contenido del edificio.

Pasó la mano por el borde de la plataforma de contrachapado que ocupaba toda la mitad trasera de su garaje.

No podía permitirse que ocurriera tal destrucción.

Aún no.

Cuando todo esto terminara, entonces sería desmantelado.

Por otros, tal vez. No por él.

Se agachó hasta el suelo de hormigón y gateó hacia el centro del círculo de contrachapado, poniéndose de pie cuando llegó al gran hueco en el medio, y echó un vistazo al paisaje ante él.

A pesar de los problemas causados por el testigo del asesinato de Whiting, no pudo evitarlo. Ayer, había conducido hasta la tienda especializada en Canterbury y había comprado una nueva locomotora. El modelo a escala era perfecto en todos los sentidos. Lo había visto en una revista hace dos meses y no había podido justificarse el gasto hasta ahora. La librea era una réplica exacta del material rodante de la compañía ferroviaria y cuando lo había desenvuelto cuidadosamente al llegar a casa, se le había hecho la boca agua mientras apartaba el embalaje para revelar su nueva adquisición.

Había vuelto a comprobar sus cálculos usando la nueva locomotora, no porque dudara de sus habilidades, sino porque parecía correcto usar el tren adecuado esta vez. Tal vez le daría un poco de suerte extra, para compensar lo de la otra noche.

No era completamente perfecto: había tenido que arreglárselas con los materiales que pudo comprar en la tienda especializada de Canterbury, y luego hacer el resto él mismo.

No le importaba; encontraba que el proceso creativo

era una forma de relajarse, una manera de aquietar su mente inquieta, y a menudo descubría que sus mejores soluciones surgían cuando se concentraba en hacer los accesorios que ayudaban a dar vida a cada proyecto.

Su mirada se posó en los papeles esparcidos en un extremo del óvalo interior. Extendió la mano y recogió sus notas, doblándolas cuidadosamente antes de colocarlas en el banco de trabajo a su lado. Las quemaría en el brasero exterior más tarde, después de oír a su vecina salir hacia el supermercado. No podía permitirse que ella notara el humo, de lo contrario lo usaría como excusa para venir y reprenderlo por hacer que su ropa oliera mal.

Volvió su atención al conjunto de equipos frente a él. Un panel elevado contenía una serie de interruptores y diales.

Sus dedos encontraron automáticamente el botón de encendido, que presionó con un toque ligero. Un zumbido comenzó a sonar desde detrás de donde él estaba, y un escalofrío de emoción le recorrió la espalda.

Con la boca seca, oyó el sonido acercarse mientras sus ojos recorrían los campos en miniatura, el ganado y las diminutas casas.

Unos segundos más, y el tren modelo apareció en el borde de su visión. Al doblar la curva, su velocidad aumentó y comenzó a arrasar por la vía hacia la diminuta figurita que yacía atravesada sobre los raíles de acero.

Contuvo la respiración y se inclinó más cerca, sus caderas rozando contra la superficie de contrachapado.

El tren pasó junto a él, y en su mente, imaginó las acciones frenéticas del conductor al hacer sonar su bocina ante la visión del hombre tendido sobre las vías. En el momento preciso, su pulgar ajustó ligeramente la potencia para que el tren comenzara a perder velocidad.

Era demasiado tarde.

El tren de juguete chocó contra la pequeña figurita y la hizo volar por el césped de plástico falso junto a la vía.

Exhaló cuando el tren desapareció en la siguiente curva y extendió una mano temblorosa para alcanzar la figurita.

La sostuvo en alto, examinando minuciosamente los rasgos donde las ruedas del tren habían arañado y desgarrado la superficie antes lisa y moldeada.

La dejó caer sobre la mesa de trabajo, tomó una copia muy usada del horario de trenes de Londres a Maidstone y su cuaderno, y procedió a realizar los cálculos para su próximo proyecto.

CAPÍTULO 26

—Necesitamos centrarnos en la ubicación. —Sharp se dirigió al mapa de la zona clavado en la pared y señaló la línea de ferrocarril que comenzaba en Maidstone East y se extendía por todo el condado hasta Londres Victoria—. Tanto Lawrence Whiting como Nathan Cox fueron asesinados en esta línea. Stephen Taylor no lo fue; su cuerpo fue encontrado en la línea de Strood. Cameron Abbott también fue asesinado en la línea de Maidstone East a Londres. Necesitamos cambiar los parámetros de nuestra búsqueda. El hecho de que Stephen Taylor y Cameron Abbott asistieran al mismo programa de rehabilitación no significa que sus muertes estén relacionadas.

—¿Quieres decir que Stephen Taylor no fue asesinado?

—Podría ser. Hasta ahora hemos asumido que él y Cameron fueron asesinados porque ambos aparecen en la lista de asistentes a ese programa. Pero el lugar de su muerte no coincide en absoluto con los otros. Tenemos que considerar la posibilidad de que exista otra conexión. Una que elimine a Stephen Taylor, pero vincule a Nathan Cox, Cameron Abbott y Lawrence Whiting.

—Y a nuestra última víctima. Quienquiera que sea.

—¿No hay nada con lo que podamos identificarlo?

Barnes negó con la cabeza.

—Lo mismo que el anterior. Sin cartera, sin anillo de boda, nada. Quienquiera que sea nuestro asesino, es inteligente.

—¿Alguna idea de cuándo hará Lucas la autopsia?

—En un par de días. Hay un poco de retraso. Sin embargo, nos ha enviado algunas fotografías por correo electrónico. Haré que uno de los administrativos retoque una foto para que podamos usarla con fines de identificación cuando hablemos con la gente.

—Suena bien —dijo Sharp—. Lleva una copia a los dos tipos que dirigen ese programa de rehabilitación y comprueba si es uno de los suyos, así podremos descartar esa línea de investigación.

—Lo haré.

—Jefe, si nuestro asesino está tan familiarizado con el sendero y los cruces en este tramo de vía férrea, ¿quizás deberíamos investigar si ha trabajado en los ferrocarriles en algún momento o si tiene alguna otra conexión con ellos? —dijo Carys.

—Tienes razón. El problema es que también vamos a tener que ampliar la investigación para incluir asociaciones de senderistas, residentes cuyas casas estén cerca de la línea de ferrocarril. Me gustaría que estuviéramos en condiciones de reducir esa búsqueda antes de hacerlo. Simplemente no tenemos el personal suficiente.

Sharp se pasó una mano por el pelo corto y paseó por la alfombra frente a ellos.

—¿Por qué está matando ahora? Creo que tienes razón, Hunter, en que tiene una lista, pero ¿qué desencadenó los asesinatos? A pesar de que ahora pensamos que la muerte de Stephen Taylor fue un suicidio, todavía tenemos cuatro muertes estrechamente vinculadas en un plazo de cuatro meses. ¿Qué estaba esperando? ¿O qué sucedió para que empezara a matar?

—¿Estás seguro de que nuestro asesino es un hombre? —dijo Gavin.

—Es una buena pregunta —dijo Sharp—. Sin embargo, hay que tener en cuenta que quienquiera que sea el asesino, él o ella ha tenido que mover un cuerpo desde un coche hasta una vía de ferrocarril. Eso ha implicado un terreno empinado y, dado que suponemos que primero droga a sus víctimas, esos cuerpos van a ser pesados. En estas circunstancias, no creo que estemos buscando a una mujer.

—También es una forma particularmente salvaje de matar a alguien —dijo Carys—. Para mí, es el tipo de cosa que haría un hombre, no una mujer.

—Me inclino a estar de acuerdo. Nuestro asesino está siendo particularmente cuidadoso para asegurarse de que sus víctimas sean asesinadas por un tren que pasa por encima de ellas, y no por la corriente eléctrica que circula por el tercer riel. Tanto el cuerpo de Lawrence Whiting como el de nuestra última víctima han sido colocados contra el riel interior. Quienquiera que sea nuestro asesino, está haciendo una declaración. No está dando a sus víctimas la oportunidad de suicidarse; está manteniendo el control en todo momento. Sea quien sea, está ejerciendo mucha autodisciplina.

—¿Hemos tenido noticias de Simon Ancaster?

—Recibí una llamada telefónica suya antes, jefe —dijo Barnes—. Estaba en el trabajo esta mañana, pero he hecho arreglos para que hablemos con él después de que terminemos aquí. Me dio la impresión de que estaba genuinamente conmocionado por la muerte de Whiting, así que puede que no sea nuestro asesino.

—Hay algo más —dijo Kay—. Todas las otras muertes ocurrieron durante la hora punta de la tarde y la noche. La muerte de anoche fue causada por un tren vacío que regresaba al depósito. No llevaba pasajeros. Ninguna de las otras muertes había ocurrido tan tarde antes.

—¿Por qué crees que ha cambiado el patrón?

—Primero, obviamente, menos posibilidades de que lo vean. Segundo, ese tren vacío habría estado viajando a una velocidad considerable. De acuerdo, el conductor no estaba rompiendo ningún límite de velocidad, pero tampoco tenía que preocuparse por reducir la velocidad para detenerse en las estaciones.

—Así que no habría podido detenerse, aunque quisiera.

Los labios de Sharp se tensaron.

—Está aprendiendo de sus errores. Quienquiera que sea, y a pesar de lo que pensamos sobre el aumento de su frecuencia, debe haber estado planeando esto durante meses. Conoce las líneas de tren de cabo a rabo, conoce los horarios y sabe exactamente cuándo se hacen los últimos viajes de vuelta al depósito.

—Quizás sea hora de que le pidamos a Dave Walker y a su equipo que empiecen a interrogar a los empleados de la compañía ferroviaria. Pedir una lista de cualquiera que haya perdido su trabajo antes del primer asesinato sospechoso hace siete meses —dijo Kay. Levantó la mano para evitar que la interrumpiera—. Lo sé, llevará tiempo. Pero no podemos descartarlo.

—Pero ¿cuál es el motivo?

—Tal vez alguien fue despedido y les guarda rencor. Tal vez nuestro asesino culpa a la compañía ferroviaria por algo.

—Tal vez nuestro asesino es un pasajero que se hartó de la cantidad de huelgas ferroviarias en esta línea —refunfuñó Barnes.

CAPÍTULO 27

Kay se hizo a un lado y dejó que Barnes guiara el camino a través del hueco en el muro destartalado del jardín.

A su izquierda, un contenedor de basura desbordante amenazaba con volcarse, escapando de su interior el olor inconfundible de cajas de pizza desechadas. Esquivó un montón de periódicos viejos que habían sido atados y arrojados al camino cerca del contenedor, y arrugó la nariz ante el jardín descuidado.

Dirigió su atención a la casa. Había soportado el peso de ser alquilada a lo largo de los años; la pintura se descascaraba de la sencilla puerta principal, y todo el edificio transmitía un aire de abandono.

Barnes tocó el timbre y se volvió para mirarla.

—Bonito lugar.

Kay puso los ojos en blanco antes de que se abriera la puerta.

—¿Simon Ancaster?

155

—¿Sí?

Kay mostró su placa y se presentó junto con Barnes.

—Nos preguntábamos si podríamos hablar con usted sobre Lawrence Whiting.

—Por supuesto. Lo siento, todavía no he asimilado que se haya ido.

Los guio a una sala de estar desordenada y comenzó a recoger revistas, envases de comida para llevar y un cenicero. Tuvo la decencia de parecer avergonzado.

—No suelo recibir visitas.

Parecía inseguro sobre qué hacer con los objetos que ahora tenía en las manos. Al final, se dirigió a una mesa baja y lo dejó caer todo sobre ella. Se volvió hacia ellos.

—Por favor, tomen asiento.

Kay echó un vistazo al sofá manchado, levantó una ceja hacia Barnes y se resignó a poner una lavadora extra esa noche. Se sentó en los cojines y esperó mientras Ancaster se acomodaba en un sillón junto al televisor.

—Simon, tengo entendido que conocía a Lawrence Whiting.

—Así es.

—¿Eran cercanos?

—Éramos uña y carne. Nos conocimos en la escuela secundaria y solíamos pasar el rato juntos cuando ambos conseguimos motocicletas. Solo pequeñas, eso sí, pero impresionaba a las chicas. —Su boca se torció ante el recuerdo—. Era muy divertido. No lo veía muy a menudo, especialmente cuando empezó a sufrir de depresión, pero intentaba dejarle un mensaje en su teléfono una vez al mes, ya sabe, para hacerle saber que me preocupaba por él. Vino la otra semana por fin, y me sorprendió verlo tan bien después de todo lo que había pasado.

Kay asintió ante la correlación entre la historia de Ancaster y la entrada en el diario de Whiting.

—¿Cuál era su estado de ánimo cuando lo vio?

—Parecía estar bien. Nada indicaba que estuviera contemplando el suicidio. Todavía no puedo creerlo.

—¿Puede describir sus movimientos el día que Lawrence murió?

Sus cejas se dispararon hacia arriba.

—¿Por qué quieren saberlo?

—Por favor, responda la pregunta.

—Fui a trabajar como de costumbre. Lawrence llamó a la puerta aproximadamente una hora después de que llegué a casa. Charlamos tomando un café y estaba a punto de sugerir que fuéramos al pub a tomar algo cuando sonó su móvil. Me aparté, era bastante obvio que era una llamada privada, pero cuando volví a la cocina, tenía el abrigo puesto y dijo que tenía que irse. Me sorprendió, porque pensaba que todavía estaba luchando con el lado social de las cosas. Me alegré de ver que estaba haciendo algunos progresos, pero me molestó un poco que se fuera tan pronto después de haber llegado, especialmente porque no nos habíamos visto en semanas, así que le pregunté con quién se iba a encontrar. No quiso decirlo, solo que era alguien que conocía de antes. Se puso muy evasivo cuando lo interrogué. Me dijo que lo dejara en paz y que la persona le había pedido reunirse en confianza.

—¿Normalmente era tan reservado sobre con quién se reunía? Usted dijo antes que eran uña y carne.

—Sí, pensé que era un poco extraño, pero mire, no era asunto mío, así que no insistí. Pensé que tal vez tenía que ver con su tratamiento o algo así.

—¿A qué se dedica?

—Enseño en la escuela primaria local.

—¿A qué hora llegó a casa del trabajo?

—Alrededor de las tres y cuarto. Hubo una fuga de agua en los baños de los chicos, así que el director tomó la decisión de cerrar la escuela por el día. —Sonrió—. Recuerdo haber pensado en ese momento que al menos me daría la oportunidad de llegar a casa y cambiarme la ropa de trabajo antes de que Lawrence llegara.

—¿Y a qué hora se fue Lawrence?

—Se había ido para las cinco. Lo recuerdo porque miré el reloj del horno. Todo fue un poco extraño, para ser honesto.

—¿En qué sentido?

—Bueno, nunca ha sido el tipo de persona que se esfuerza por socializar, y si iba al pub, generalmente era porque yo lo arrastraba allí, y eso sería más tarde en el día.

—¿Y no tuvo contacto con él después de que salió de la casa?

Negó con la cabeza.

—Muy bien —dijo Kay—. Agradecemos su tiempo,

gracias. —Le entregó una de sus tarjetas de visita—. Por favor, si se le ocurre algo más, llámeme.

Mientras caminaban de vuelta al coche, su mente repasó la conversación. Barnes caminaba a su lado en silencio, sabiendo que era mejor no interrumpir sus pensamientos. Finalmente, se detuvo y puso una mano en su brazo.

—Si Lawrence salió de la casa a las cinco, y Elsa Flanagan no lo vio en las vías hasta las seis y cuarenta y cinco, ¿a dónde fue?

—¿Y dónde está su móvil?

—Harriet y su equipo no encontraron nada en la escena, por eso tardaron tanto en identificarlo.

—Entonces, ¿el asesino lo atrajo fuera de la casa y acordaron encontrarse en algún lugar? Dondequiera que fuera, el asesino de Whiting lo sometió y lo ató a las vías del tren, ¿y luego se llevó todas sus pertenencias?

—O, ¿se encontró con alguien más, y luego el asesino lo siguió desde allí? —Kay negó con la cabeza y comenzó a caminar de nuevo—. Demasiadas preguntas, Ian. Todavía nos queda un largo camino por recorrer con este caso.

CAPÍTULO 28

Kay siempre experimentaba un estado de alerta elevado cuando hablaba con los padres de una víctima de asesinato.

Aunque su hijo había muerto hacía cuatro meses y alguien más les había dado la noticia, en ese momento los padres de Nathan Cox creían que se había suicidado. No podía imaginar cómo debía ser para ellos descubrir que, muy probablemente, había sido asesinado.

—¿Cuál es el trasfondo de los padres?

Carys echó un vistazo al documento impreso que tenía en la mano, el cual había extraído de la base de datos HOLMES2. —Derek Cox es un camionero de larga distancia jubilado. Su esposa, Rose, solía trabajar como oficial de reclamaciones para una de las compañías de seguros de la ciudad; no ha vuelto a trabajar desde que murió su hijo. Según el informe de la investigación forense sobre la muerte de Nathan, había estado viviendo con ellos durante tres meses antes de su fallecimiento.

—¿Qué edad tenía cuando murió?

—Veintiocho.

—¿Casado o con novia?

—No se menciona a nadie aquí. Tampoco se presentó nadie cuando se anunció su muerte en el periódico.

—¿Qué hay de hermanos?

—No, era hijo único.

—Dios mío. —Kay suspiró—. Bien, vamos a empezar con esto.

El padre de Nathan abrió la puerta, les estrechó la mano a ambas y las condujo a la cocina.

Un espacio amplio, las paredes habían sido pintadas de un alegre amarillo brillante mientras que las encimeras tenían un alto brillo. Kay notó el aroma a limón de un popular producto de limpieza y se dio cuenta de que la pareja se había esforzado especialmente para ella y Carys. Se le encogió el corazón y esperaba que tuvieran una sólida red de amigos para apoyarlos en su dolor.

Tanto Derek como su esposa se desvivieron por ellas durante un momento, por lo que pasaron varios minutos antes de que se tomaran los pedidos de té, se hirviera el agua y los cuatro se acomodaran alrededor de una mesa circular de pino.

—Gracias por tomarse el tiempo para vernos —dijo Kay—. Entiendo que esto debe ser difícil para ustedes y sé que mi colega ya les ha llamado para ponerles al día sobre nuestra investigación y cómo puede afectar a la investigación original del forense sobre la muerte de Nathan.

Derek extendió la mano hacia su esposa y entrelazó sus dedos con los de ella. —Para ser honesto, nos sentimos aliviados. Durante los últimos cuatro meses he estado tratando de entender por qué nuestro hijo se quitaría la vida. Obviamente, estamos tristes de que otro hombre haya perdido la vida, pero si eso significa que la policía está investigando la muerte de Nathan una vez más, al menos podríamos obtener algunas respuestas.

—¿Cómo era su relación con Nathan?

—Oh, tuvimos nuestros altibajos, como cualquier familia, supongo. Todo el mundo espera que digamos que como estaba deprimido, era difícil vivir con él. No podría ser más diferente. Le recetaron una nueva medicación unas seis semanas antes de que fuera arrollado por ese tren. Por supuesto, tardó unas cuatro semanas en empezar a hacer efecto, pero había dado un giro y realmente habíamos notado una diferencia en su comportamiento. Empezó a hablar de volver a buscar trabajo, quizás como conductor de autobús porque estaban buscando personal temporal en ese momento.

—Sé que probablemente sea doloroso revivirlo, pero ¿pueden llevarme de vuelta a los eventos de ese día?

Rose se inclinó hacia adelante y envolvió sus dedos alrededor de su taza de té, a pesar de que la superficie caliente debía estar quemándole la piel.

—Derek estaba en un viaje nocturno a Polonia y no debía volver hasta esa noche. Yo me había ido a trabajar como de costumbre. Gracias a Dios nos habíamos despedido apropiadamente —dijo, y usó la palma de su mano para limpiarse los ojos—. Cuando me iba, Nathan me dijo que planeaba caminar hasta el quiosco para comprar una copia del periódico de esa semana; siempre tienen las ofertas de trabajo los viernes, y quería ver si había algunas diferentes a las que había encontrado buscando en línea. A veces tengo que trabajar hasta tarde, especialmente si tenemos un caso judicial próximo. Siempre hay tanto que hacer, organizando todo el papeleo y asegurándose de que los expertos tengan todo lo que necesitan antes de la fecha.

Kay esperó pacientemente, dejando que la mujer contara su historia a su propio ritmo.

—Supongo que eran alrededor de las cinco y cuarenta y cinco de la tarde. Había oído de nuestra recepcionista que los trenes se habían retrasado. Su prometido trabaja en la ciudad y la había llamado para decirle que iba a llegar tarde a casa. No le di importancia. Éramos cuatro trabajando en la oficina en ese momento, y recuerdo estar de pie junto a la fotocopiadora cuando uno de ellos se acercó a mí y me dijo que la policía estaba en recepción y quería verme. Me llevaron a la pequeña sala de reuniones en una esquina de la oficina, y me dijeron que Nathan se había tumbado sobre las vías. El maquinista no lo vio a tiempo...

Se interrumpió cuando las lágrimas rodaron por sus mejillas.

Kay metió la mano en su bolso para sacar un

paquete de pañuelos de papel y se los pasó por encima de la mesa de la cocina. —Lo siento, señora Cox. Tengo que hacer estas preguntas.

—Lo sé. —Rose sorbió, se limpió los ojos y luego sostuvo el pañuelo arrugado en su puño—. Seguía preguntándome si había pasado algo por alto. Como dije, no teníamos idea de que todavía estuviera luchando por sobrellevar la situación.

Derek puso su mano sobre el brazo de su esposa antes de volverse hacia Kay. —En ese momento me pregunté si había dejado de tomar los antidepresivos por alguna razón. Sé que no tiene sentido, pero pensé que él creía que podía arreglárselas sin ellos.

—¿Saben si *había* dejado de tomarlos?

—No estoy seguro —dijo Derek—. Solía tomarlos cuando desayunaba por la mañana y a menudo ya habíamos salido de casa para entonces. Eran muy fuertes. Solo tenía que tomarlos una vez al día.

—Eso es lo que pasa —dijo Rose—. Nathan nunca nos dio ninguna indicación de que su depresión fuera tan grave como para considerar el suicidio. Su medicación estaba funcionando y estaba empezando a salir y socializar de nuevo con algunos de sus viejos amigos.

—¿Tienen una lista de esos amigos? —dijo Kay—. Nos gustaría hablar con ellos también, para ver si tal vez puedan ayudarnos con nuestras investigaciones.

—Por supuesto. Un momento.

Kay esperó mientras Rose se levantaba y se dirigía a un juego de cajones debajo del microondas. Abrió cada uno de ellos y rebuscó entre su contenido, hasta que encontró lo que estaba buscando.

—Aquí tiene. Este era el móvil de Nathan. Por alguna razón, no pude deshacerme de él. Necesitará este cargador. Creo que todos sus contactos siguen guardados ahí.

Kay tomó el cargador y el móvil de sus manos. —Esto es estupendo, muchas gracias. Me aseguraré de devolvérselo lo antes posible.

Rose asintió y volvió a sentarse antes de secarse los ojos una vez más. —Lo triste es que algunos días estoy tan enojada porque nos dejó de esa manera, y otros no puedo recordar cómo era su rostro.

Kay descubrió que solo podía cantar junto a la radio en el coche si no había nadie más en el vehículo con ella, razón por la cual estaba gritando el coro de un viejo éxito de los ochenta de The Cult cuando giró hacia su calle.

Las palabras se le secaron en la boca al llegar a la altura de su casa, con su anciano vecino mirándola fijamente bajo el haz de los faros del coche. Bajó el volumen y saludó con un gesto al hombre antes de girar el coche para pasar entre los pilares de la entrada y entrar en el camino de acceso. Al apagar el motor, frunció el ceño.

Holly estaba ladrando desde dentro de la casa, y el coche de Adam no se veía por ninguna parte.

Salió de detrás del volante mientras el vecino se acercaba a ella.

—Hola, Kevin.

—Ese maldito perro ha estado ladrando sin parar

durante los últimos quince minutos —espetó—. ¡No puedo oír mi televisión!

Kay se dio la vuelta para mirar la casa. Las luces brillaban desde las ventanas de la planta baja, pero las cortinas estaban corridas.

Por la dirección y el timbre de los ladridos, Holly había sido encerrada en la cocina.

Entonces vio un rayo de luz que brillaba alrededor de la puerta principal. La habían dejado abierta, con el pestillo colgando en un ángulo inusual.

Metió la mano en el coche y sacó la porra extensible que guardaba debajo del asiento del conductor.

—Vuelve a tu casa, Kevin, y llama a emergencias.

—¿Qué?

—Hazlo. Ahora.

Cerró la puerta del coche y cruzó el camino de entrada hacia la puerta principal, extendiendo la porra y levantándola a la altura del hombro.

Se detuvo en el umbral, tratando de calmar su respiración, y luego evaluó la situación una vez más.

El coche de Adam no estaba; era probable que hubiera encerrado a Holly en la cocina antes de salir, igual que habían hecho las tres noches anteriores antes de irse a la cama. En esas ocasiones, Holly nunca había ladrado: Adam se había asegurado de que se acomodara en su cama, le había dado unas palmaditas en su enorme cabeza y había cerrado la puerta tras él, con la tranquilidad de que el monitor para bebés que había instalado junto a ella le avisaría si los cachorros estaban en camino.

La perra no había ladrado ni una sola vez durante todo el tiempo que llevaba quedándose con ellos.

El pestillo definitivamente había sido arrancado de la puerta principal con un instrumento contundente y pesado. Astillas de madera cubrían el umbral, y la pieza de latón correspondiente colgaba del marco de la puerta.

Kay aguzó el oído para tratar de escuchar entre los ladridos de Holly, pero no pudo distinguir si el intruso aún estaba en la casa.

Se deslizó por el pasillo hacia la sala de estar y se asomó por la puerta. La habitación estaba vacía, pero se le cayó el alma a los pies al ver todos sus libros, CDs y películas esparcidos por la alfombra. La mesa de café había sido volcada y yacía de lado frente al televisor, que había recibido un fuerte golpe en el centro de la pantalla. Exhaló un suspiro tembloroso y luego subió las escaleras.

Aunque el rellano estaba bien iluminado, todas las luces de los dormitorios estaban apagadas. Deslizó su mano alrededor del marco de la puerta del dormitorio principal hasta que encontró el interruptor de la luz y contuvo la respiración, preguntándose qué daños se habrían producido.

Los armarios habían sido vaciados, el suelo cubierto de ropa que parecía haber sido pisoteada. Habían descubierto su joyero, pero a primera vista no podía decir si se habían llevado algo de valor. El contenido había sido arrojado por toda la habitación y esparcido en todas direcciones.

Se le hizo un nudo en la garganta al ver su ropa

interior tirada sobre la cama y decidió deshacerse de toda ella lo antes posible. El baño en suite estaba vacío, y mientras recorría las habitaciones, se hizo evidente que quien hubiera hecho esto en su casa ya no estaba allí.

Al oír el sonido de las sirenas acercándose, bajó las escaleras y se encontró con dos agentes uniformados en la puerta. Reconoció al mayor de los dos, cuyo rostro se transformó en una expresión de alivio cuando la vio.

—Hola, Norris. Quienquiera que fuera, ya se ha ido.

—Deberías habernos esperado, Kay. ¿Dónde está Adam?

—No lo sé. ¿Quieres echar un vistazo mientras voy a ocuparme de la perra?

Sin esperar su respuesta, se dirigió a la cocina, abriendo la puerta mientras llamaba a Holly por su nombre.

La enorme perra se lanzó sobre Kay y le cubrió las manos de grandes lametones húmedos. Kay pasó sus manos sobre ella, pero no pudo ver que estuviera en mal estado. Dejaría que Adam realizara un examen exhaustivo a su regreso.

El sonido de otro coche frenando repentinamente fuera llamó su atención, y convenció a Holly de que volviera a su cama.

—¿Kay? ¿Estás bien?

Carys apareció en la puerta de la cocina, con una expresión de preocupación grabada en su rostro.

—Estoy bien. Ya se habían ido cuando llegué.

—Iba de camino a casa cuando escuché la llamada.

Reconocí tu dirección. —La agente de policía miró por encima de su hombro a los dos agentes uniformados que se habían puesto guantes protectores y ahora comenzaban a buscar huellas dactilares en el marco de la puerta con el cerrojo destrozado—. ¿Qué se llevaron?

—Aún no he tenido la oportunidad de echar un vistazo. Estaba tratando de que la perra dejara de ladrar.

—¿El último proyecto de Adam?

—Sí. Los cachorros están a punto de nacer en cualquier momento.

Ambas se giraron cuando voces elevadas se filtraron desde el pasillo, y Kay se dirigió hacia la puerta principal.

Adam estaba en el umbral junto a uno de los agentes uniformados, con el rostro pálido.

—¿Qué ha pasado?

—Nos han robado.

—¿Holly?

—Está bien, la dejaron en la cocina. Le he hecho muchos mimos y ahora está tranquila. Estaba ladrando como loca cuando llegué.

—Solo me fui hace media hora —dijo él, con el rostro desconsolado—. Necesitábamos cosas del supermercado. Pensé que había cerrado bien la puerta.

—Lo hiciste. Quien fuera, rompió la cerradura de la puerta principal y entró por la fuerza.

Otro coche se detuvo en la acera, el conductor apagó el motor antes de lanzarse fuera del vehículo.

Sharp se protegió los ojos del resplandor de los faros

del coche patrulla y se apresuró a entrar por la puerta.

—¿Estáis bien los dos?

—Hola, sí. Los dos estábamos fuera cuando sucedió. —Kay frunció el ceño—. Aunque debo haberlos perdido por minutos.

Sharp estiró el cuello hasta que pudo ver por encima de la cabeza de Kay hacia la cocina, como si solo entonces se hubiera dado cuenta de la presencia de Carys. —Miles, supongo que también lo escuchaste por la radio, ¿no?

—Sí, jefe.

—Bien, pues si vas a quedarte un rato, me iré. ¿Necesitáis algo vosotros dos?

—Creo que no —dijo Kay. Extendió la mano para tomar la de Adam. El color comenzaba a volver a su rostro, y había terminado de revisar a Holly.

—Solo ha sido un poco impactante, la verdad, Devon —dijo él.

—Siempre lo es. Bien, dejaré que estos se encarguen de buscar huellas dactilares. Llamad a un cerrajero. Podréis reclamarlo al seguro, supongo, ¿no?

—Eso espero.

—De acuerdo, pues Carys aquí puede ayudaros a hacer una lista de todo lo que se han llevado —Se giró, pero se detuvo y miró por encima del hombro a Kay—. Oye, ¿por qué no vienes un poco más tarde mañana? Arregla primero las cosas aquí, ¿vale?

—Gracias, jefe. Lo agradezco.

Asintió antes de apresurarse de vuelta a su coche.

Carys se volvió hacia Kay al oír el motor arrancar.

—Si quieres, puedo echarte una mano arriba mientras Adam hace compañía a Holly y se encarga de la planta baja.

—¿Estás segura? —dijo Adam. Se pasó una mano por el pelo—. Quiero decir, sería genial, pero si tienes que estar en algún lado…

Carys sonrió. —No tengo nada que hacer, y lo terminaremos más rápido si lo dividimos así, ¿no? De lo contrario, vosotros dos aún estaríais intentando ordenarlo todo en la madrugada. Solo tengo en casa un decrépito jerbo que está en las últimas y huele a pis, así que no me importa pasar un rato aquí ayudándoos a poner todo en orden.

Adam sonrió. —Eres muy amable. A cambio, trae al viejo a verme a finales de la semana que viene cuando vuelva al trabajo. Le haré un chequeo.

—Trato hecho.

CAPÍTULO 30

—Bien, veamos qué se han llevado —dijo Kay, y guio a Carys por el pasillo y escaleras arriba.

Primero revisaron el dormitorio principal y el baño. El edredón había sido rasgado con un instrumento afilado —Kay sospechaba que el mismo que habían usado para forzar la cerradura de la puerta principal— y plumas de ganso cubrían la alfombra.

—Parece que se fueron a toda prisa —comentó Carys, recorriendo el desastre con la mirada.

—Debo haberlos interrumpido cuando entré con el coche en el camino de entrada.

Kay se movió hacia la puerta de la habitación de invitados que había estado usando como oficina, y jadeó.

Llevó una mano temblorosa a su boca.

El ordenador había sido destrozado, con un agujero enorme en medio del monitor donde la pantalla había sido hecha añicos por el impacto de algo pesado. No quedaba nada del disco duro: yacía en pedacitos, con los bordes brillando bajo la luz de los focos empotrados en el techo.

Peor aún, las cajas de ropa de bebé que ella y Adam habían empaquetado tan meticulosamente y guardado detrás de la puerta para ocuparse de ellas cuando pudieran enfrentarse a la tarea, habían sido volcadas, la ropa de color rosa arrojada a las esquinas de la habitación mientras un conejo de peluche azul yacía en medio del suelo, con sus entrañas saliendo de su estómago, trozos de pelusa cubriendo la alfombrilla de plástico bajo la silla de oficina.

Un jadeo llegó a sus oídos, y se giró para ver a Carys apoyada en el marco de la puerta, con lágrimas en los ojos mientras observaba el daño.

—¿Qué clase de persona haría esto?

—No lo sé. Supongo que podría pasarle a cualquiera, ¿no?

Se giró a tiempo para ver cómo los ojos de la mujer más joven se posaban en los juguetes y la ropa de bebé.

—Oh, ¿cuándo?

—Nunca, ya no. Escucha, Carys. Nadie lo sabe, ¿de acuerdo? Ni siquiera mi propia familia. Adam y yo no se lo dijimos a nadie.

El ceño de Carys se frunció antes de poner una mano en el brazo de Kay. —No cuento chismes en la oficina —dijo—. Nunca lo he hecho. De hecho, los odio.

—Lo sé, lo siento. No quería decir…

—Sí, sí querías. Está bien. Si alguna vez necesitas hablar con alguien, dímelo.

—Gracias.

—Bien. —Carys se giró en medio de la habitación—. ¿Por dónde quieres que empiece?

—Creo que me gustaría ordenar todo esto. ¿Te importa empezar con la habitación de invitados?

—Me encargo de ello.

Una hora después, Kay había vuelto a empaquetar toda la ropa de bebé y colocado el conejo y su relleno sobre el escritorio. Nunca había sido muy aficionada a la costura, pero juró que haría un esfuerzo extra para devolver el juguete a su antigua gloria.

Se había trasladado de la oficina inacabada al dormitorio principal, y aprovechó la oportunidad para apartar la ropa que debería haber llevado a la tienda benéfica hacía meses, separando el resto en montones de ropa sucia que Adam se encargaría de lavar en los próximos días.

Adam las encontró al pie de las escaleras dos horas más tarde, con una botella de vino en las manos.

—Esto es para ti —le dijo a Carys—, y cuando Kay me diga que esta última investigación ha terminado y tengas tiempo, ven a cenar con nosotros.

—Oh, no tienen que hacer eso.

—Insistimos —dijo Kay—, y no te olvides de llevar al jerbo a que Adam le haga su revisión médica.

Carys sonrió. —No lo olvidaré. Aunque ya es casi un fósil, ¿sabes?

Kay esperó con Adam en la puerta principal

mientras Carys subía a su coche, y la despidieron con la mano cuando una furgoneta se detuvo, con el logotipo de un cerrajero estampado en el lateral.

—Te dejaré que te encargues de él. Voy a terminar arriba —dijo ella.

Se quedó de pie en el umbral de la oficina una vez más y se abrazó el estómago, con los pensamientos agitados. Oyó movimiento en lo alto de las escaleras, y luego los brazos de Adam la rodearon por la cintura y apoyó la barbilla en su hombro.

—¿Podemos salvar algo de esto?

Ella agitó la mano hacia las cajas de ropa de bebé. —Creo que sí. No han hecho nada con este lote excepto tirarlo por la habitación. Puedo coser el conejo. — Sorbió por la nariz—. Aunque puede que quede un poco torcido.

Él le acarició el pelo con la nariz. —Siempre haces bromas de las cosas. Está bien estar alterada.

—No puedo ir por ahí. Si no me mantengo entera, probablemente me desmorone.

Él la besó. —¿Qué se llevaron?

Ella se secó los ojos y metió la mano en el bolsillo de sus pantalones de traje, sacando una memoria USB de color verde brillante. —Nada. Todo está aquí.

Se dio la vuelta entre sus brazos.

—Esperabas que pasara algo así, ¿verdad?

—No así, no. Pero yo...

—¿Qué demonios hiciste?

—Entré en la base de datos ayer después de que todos se fueran a casa tras la reunión informativa.

Los ojos de Adam se desviaron por encima de su cabeza hacia la oficina destrozada. Tragó saliva. —¿Qué encontraste?

—Aún no estoy segura. —Levantó la mano para evitar que la interrumpiera—. Solo un nombre. Puede que no sea nada.

—¿Puede que no sea nada? ¿Has visto lo que le han hecho a nuestra casa?

Un suspiro tembloroso escapó de sus labios.

—Ven aquí —dijo él, atrayéndola hacia sí. Le acarició el pelo—. Lo siento. Sé que esta fue mi idea. Es solo que no pensé… no sabía que sería así.

—Yo tampoco —murmuró ella contra su pecho.

—¿De quién era el nombre?

Ella negó con la cabeza. —Déjame descartarlo primero. No quiero levantar sospechas sobre nadie hasta que lo haya comprobado—. Levantó la cabeza y deslizó sus manos por los brazos de él. —¿Cómo está Holly?

—Más tranquila. He ido a disculparme con Kevin. Está bien, un poco disgustado por haberse enfadado contigo, dadas las circunstancias.

—Me alegro de que no entrara en la casa mientras ellos aún estaban aquí.

Se le puso la piel de gallina bajo sus dedos y él se estremeció.

—Debieron de estar vigilando. Esperando una oportunidad para entrar.

—Tuvieron suerte de que pusieras a Holly en la cocina.

—Y ella también, creo—. Le apretó los hombros. —Ya casi he terminado abajo. ¿Estás bien aquí arriba?

—Sí. Pediré comida para llevar en una hora más o menos.

—Suena bien.

Le besó la coronilla y luego se dio la vuelta para bajar las escaleras. Pronto, pudo oír el zumbido de la aspiradora y los martillazos y taladros del cerrajero entremezclados con un alegre silbido.

Suspiró, sacudió la bolsa de basura hasta que se abrió y comenzó a barrer los fragmentos destrozados de su ordenador dentro de ella.

CAPÍTULO 31

Kay tiró su bolso debajo de su escritorio, comprobó que no hubiera mensajes esperándola y luego se acercó a Debbie.

—¿Puedes sacar de la evidencia ese móvil de Nathan Cox por mí? Quiero llevárselo a Grey en la central.

—Claro. ¿Lo vas a dejar con él?

—Por un tiempo. —Esperó mientras Debbie completaba el papeleo antes de salir corriendo de la habitación.

Veinte minutos después, atravesó las puertas dobles de la central de la Policía de Kent y subió las escaleras de dos en dos, antes de golpear en una puerta que bloqueaba su camino.

Su acceso de seguridad no le permitía entrar sin compañía en la guarida del experto en análisis forense digital.

Un movimiento al otro lado de la puerta precedió a

un rostro que la observaba a través del panel de vidrio, un par de intensos ojos verdes enmarcados por una piel olivácea.

Ella levantó la bolsa de plástico y la agitó frente al cristal.

La piel alrededor de los ojos se arrugó antes de que el rostro desapareciera y la puerta se abriera.

—Hunter, ¿qué te trae por aquí?

—Tenemos un caso feo, Grey. Oí que estabas trabajando aquí por un tiempo en lugar de tu guarida habitual. Espero que esto nos pueda ayudar.

—Pasa y explícate.

Hizo un gesto hacia un par de sillas de cuero sintético junto a una serie de pantallas de ordenador, que apagó hábilmente con una pulsación de tecla.

Kay intentó no mostrar su decepción; siempre le había fascinado lo que Grey y su equipo eran capaces de hacer, y él era uno de los pocos que la habían apoyado tras la investigación de Servicios Profesionales.

—Sabes que no se ve con buenos ojos saltarse la cola por aquí —dijo, y extendió la mano.

—Sí. Lo sé. —Le pasó la bolsa de plástico—. Pero creo que el número de nuestro asesino está ahí.

Él frunció el ceño, se inclinó sobre su escritorio y abrió el cajón para sacar un par de guantes.

—Explícate.

—Ese móvil pertenecía a un hombre que originalmente se creía que se había suicidado, pero ahora parece que fue asesinado, por alguien que sigue matando a hombres del mismo grupo de edad. Los nuestros pueden realizar búsquedas en los registros de llamadas hechas y recibidas en el móvil, pero no podemos rastrear ese número oculto. El asesino droga a sus víctimas y las ata a las vías del tren, Grey, y se ha estado saliendo con la suya.

Él arqueó una ceja.

—¿Hasta ahora?

—Exacto. —Le contó sobre el asesinato de Lawrence Whiting y el testigo.

En respuesta, él sacó el móvil de la bolsa de plástico y presionó el botón de encendido.

—Muerto.

—Estaba dando sus últimos coletazos cuando lo encendí antes.

Sacó el cargador y enchufó el móvil, apoyándolo contra uno de los ordenadores.

—Eso solo tardará cinco o diez minutos —dijo, y se acomodó en la otra silla para esperar—. ¿De dónde lo sacaste?

—De la madre de una de nuestras víctimas, Nathan Cox. Su madre dijo que no podía soportar tirar ninguna de sus cosas. Originalmente, cuando estuve allí con Carys, pensé que sería útil revisarlo para poder hablar con las personas guardadas en su lista de contactos, pero luego, de camino aquí, noté que había un número oculto: alguien lo llamó unas horas antes de que muriera.

—¿Y crees que era tu asesino?

Ella asintió.

—Cuando hablamos con un amigo de Lawrence

Whiting, hizo una declaración similar: Whiting recibió una llamada telefónica a última hora de la tarde. No le dijo a su amigo quién era, y salió a encontrarse con esa persona casi de inmediato. En cuestión de horas, estaba muerto.

—¿Crees que ambos sabían quién era el asesino?

—O el asesino sabía algo sobre ellos y los estaba amenazando con ese conocimiento. De cualquier manera, fue suficiente para hacer que fueran a él.

Grey se inclinó hacia adelante y presionó la pantalla del móvil. Se iluminó, el icono de la batería en la esquina superior derecha aún mostraba rojo.

—¿Qué pasó con el móvil de Whiting?

—No lo sabemos. No se recuperó de la escena del crimen y no estaba en su piso.

—¿Crees que el asesino se lo llevó?

—Tal vez. El número de Whiting no aparece en el registro de llamadas de ese móvil de Nathan, así que no estaban hablando entre ellos.

—De acuerdo. ¿Qué quieres de mí?

—¿Puedes rastrear ese número oculto?

—Sí. Debería poder. —Señaló las pantallas en blanco de los ordenadores a su alrededor—. Tendré que encajarlo entre todo esto, eso sí.

—¿Qué es?

Su boca se torció.

—Vamos, Hunter, sabes que no puedo decírtelo.

Ella sonrió.

—Valía la pena intentarlo. Está bien, si puedes encontrar un número y luego hacerme saber a quién pertenece y dónde podríamos encontrarlo, sería un buen comienzo.

—Sin problema.

—Y si hay más actividad en él, ¿puedes llamarme? No importa la hora que sea.

—Lo haré.

La acompañó hasta la puerta y la desbloqueó, pero luego puso su mano sobre la superficie de madera y la miró fijamente.

—¿Hay algo más que quisieras preguntarme?

Sus ojos verdes se clavaron en los de ella, un leve aroma a café en su aliento.

Kay se mordió el labio, sus pensamientos volviendo a la búsqueda que había realizado en la base de datos la noche anterior.

¿Lo sabría?

¿Se podía confiar en Grey?

Forzó una sonrisa.

—No, gracias. Eso es todo.

Él bajó la mano.

—De acuerdo, ¿siempre y cuando estés segura?

—Sí. Gracias.

Se abrió paso hacia el pasillo y se apresuró hacia la escalera, sin detenerse hasta que llegó al descansillo entre los pisos.

Algo en la actitud de Grey había cambiado durante su conversación.

No tenía duda de que él la ayudaría con respecto al móvil de Nathan Cox, pero ¿qué quería decir al preguntarle si necesitaba ayuda con algo más?

¿Estaba insinuando que sabía sobre su investigación encubierta?

Después de todo, él había trabajado en suficientes investigaciones tras bambalinas como para saber si alguien estaba intentando acceder a información que no debería.

Miró su reloj y suspiró. Eran solo las ocho en punto, y ya estaba agotada.

—No es de extrañar que estés empezando a ponerte paranoica, Hunter.

CAPÍTULO 32

Sharp dejó de hablar cuando Kay entró en la sala de incidentes y arrojó su bolso debajo de su escritorio antes de unirse al grupo reunido alrededor de la pizarra.

—¿Todo bien?

—Sí, gracias. —Hizo un gesto para que continuara.

—Bien, como estaba diciendo, ahora tenemos una cantidad reducida de asistencia administrativa para esta investigación, gracias a un robo a mano armada en un pub en la carretera de Sittingbourne anoche, así que serán responsables de su propio papeleo la mayor parte del tiempo.

Un gemido colectivo llenó la sala. La ayuda administrativa era un lujo, y se echaba mucho de menos cuando no estaba disponible.

—Sin embargo, mantenemos el mismo nivel de integridad con el que comenzamos. El superintendente no ha aprobado horas extras, pero sé que quieren ver que se haga justicia a quien haya hecho esto a nuestras víctimas. Continuaremos a pesar de todo.

Dio por terminada la reunión y puso el marcador de la pizarra en el escritorio junto a él antes de tomar una pila de informes que Debbie West le entregó y desaparecer en su oficina.

Kay se frotó el ojo derecho e intentó concentrarse.

Su mente seguía volviendo al descubrimiento de que cualquier mención de la evidencia desaparecida que casi había acabado con su carrera había sido eliminada.

Levantó la cabeza y miró a sus colegas en la sala.

¿Alguno de ellos sería responsable de manipular el sistema?

Y si fuera así, ¿por qué?

¿Estaría uno de ellos de alguna manera involucrado con el sospechoso que habían estado tratando de investigar para arrestar? ¿Lo habrían protegido de alguna manera?

Se estrujó el cerebro, tratando de recordar si alguno de ellos había mencionado algo sospechoso durante esa investigación, pero no podía recordarlo.

Suspiró y volvió a bajar la mirada a su trabajo. Odiaba la idea de sospechar de uno de ellos. Despreciaba el hecho de que alguien estuviera decidido a impedirle llevar a cabo su propia investigación.

Su puño se cerró ante la idea de que su trabajo hubiera invadido su vida personal. Siempre había protegido a Adam de los aspectos más desagradables de su trabajo, y sentía un cambio en su relación desde el allanamiento de anoche, lo que la asustaba. Sí, se había quedado conmocionada y horrorizada por lo sucedido, pero no se dejaría intimidar. Adam, por otro lado, disfrutaba de una vida relativamente protegida. No había estado expuesto a algunas de las experiencias que ella había tenido, y ella tenía que protegerlo.

Se obligó a intentar relajarse; no podía permitirse bajar la guardia en este caso. No importaba lo que estuviera pasando en casa, ella era responsable de ayudar a Sharp a dirigir una investigación de asesinato.

—Mierda. —Leyó el párrafo de texto ante ella una vez más, y luego llamó a Barnes—. Ian, ¿puedes echar un vistazo a esto?

Él empujó su silla hacia atrás y se acercó a donde ella estaba sentada. —¿Qué pasa?

—Echa un vistazo. —Kay le entregó la página—. Lo encontré entre la documentación que obtuvimos de la policía de transporte. No lo habíamos mirado antes ya que estábamos buscando suicidios. Revisa los dos nombres en la última página del informe.

Las cejas de Barnes se dispararon. —Los mismos que dos de las víctimas de suicidio —dijo.

—Esa es la conexión —dijo Kay—, estoy segura. No ese programa de rehabilitación.

Sharp apareció a su lado. —¿Qué has encontrado?

—Hace dos años, en un conjunto de puntos justo fuera de la estación de Barming, un equipo de ingeniería estaba trabajando en la actualización de señales. Alison Campbell era una ingeniera recién graduada; tenía veintisiete años en ese momento. En total había seis personas involucradas en la actualización de señales que estaban en la escena cuando ocurrió el accidente. Según Cameron Abbott, cuando se le preguntó durante la investigación, todos habían recibido un riguroso entrenamiento de seguridad y habían trabajado juntos en ferrocarriles antes. Alison no era tan experimentada como el resto del equipo, pero todos le tenían cariño y la cuidaban mientras caminaban por una vía activa. Eso significaba que los trenes seguían circulando, aunque a una velocidad ligeramente reducida. Habían estado trabajando desde las ocho de la mañana y habían estado tomando descansos regulares de acuerdo con las regulaciones de salud y seguridad.

—¿Qué salió mal? —dijo Sharp.

—Dos trenes habían pasado durante la hora anterior al accidente —dijo Kay—. El equipo había colocado vigías a varios metros a lo largo de la vía donde el equipo estaba trabajando y se mantenía contacto por radio en todo momento. Se proporcionaron alertas al equipo de que un tren se acercaba y estaría en su ubicación dentro de dos minutos. Cuando el tren entró a la vista, el equipo se movió al lado de la vía del tren, para esperar a que el tren pasara. Aunque la vía en la que estaban trabajando estaba cerrada, la vía a su lado no lo estaba; era una precaución que dejaran suficiente espacio entre ellos y la locomotora cuando pasara. Nuestra víctima, Lawrence Whiting, era una de las personas encargadas de actuar como vigía. Su papel era comunicarse con el control ferroviario por radio y advertir a los otros miembros del equipo cuando el tren se acercaba usando un silbato y su voz. En la investigación, se le preguntó repetidamente si había transmitido todas y cada una de las instrucciones de la sala de control. El forense le preguntó a Whiting si estaba seguro de que no se había perdido un mensaje de último minuto. Whiting mantuvo que había transmitido toda la información al equipo tal como se le había comunicado. Fue bastante enfático en que había seguido todas las precauciones de salud y seguridad establecidas por la compañía ferroviaria, y las que el equipo había instaurado en la reunión previa al inicio de esa mañana. Abbott dijo en la investigación que se había dado la vuelta para alejarse de las vías, cuando Lawrence le gritó y señaló por encima de su hombro. No podía oír lo que el hombre estaba diciendo, porque el tren estaba tan cerca que se dio la vuelta, y declaró que Alison todavía estaba de pie en la vía donde habían estado trabajando. Le gritó que se apartara, pero dijo que ella lo ignoró. Mientras el tren pasaba junto a ellos, ella caminó hacia su camino. Él dice, sin mirar atrás.

—Y tanto nuestras víctimas de suicidio como nuestra víctima de asesinato estaban presentes —añadió Barnes.

—Eso es demasiada coincidencia para ignorarlo —dijo Sharp.

—Exacto. Eso es lo que estoy pensando.

—¿Están listados los otros miembros del equipo en el informe del forense?

—Sí, Peter Bailey y Jason Evans.

—Bueno, supongo que ahora sabemos quién podría ser nuestra última víctima.

—Me pondré en contacto con la compañía ferroviaria y obtendré los detalles de ambos —dijo Kay.

—Hazlo —dijo Sharp—, y si te dan problemas, pásamelos a mí. Si tenemos razón en esto, tenemos a otro hombre caminando por ahí que no tiene idea de que podría ser el objetivo previsto de un asesino en serie.

CAPÍTULO 33

Con la investigación subiendo otro nivel, Kay había dejado un mensaje a la compañía ferroviaria y luego había tomado el dinero que Sharp le ofreció y salido de la sala de incidentes en busca de café para el equipo de detectives.

Se dirigió por Gabriel's Hill hacia la cafetería que el equipo frecuentaba, saboreando por un momento la libertad de estar lejos de su escritorio. A menudo encontraba que sus mejores ideas surgían cuando caminaba.

Su móvil sonó, y rebuscó en su bolso antes de contestar.

—¿Oficial Hunter? Soy el doctor Williams. Dejó un mensaje con mi recepcionista el otro día.

—Así es. Gracias por devolverme la llamada. —Kay se colocó bajo el pórtico de una tienda desierta para alejarse de la concurrida calle peatonal—. Queríamos hablar con usted sobre Lawrence Whiting.

—Por supuesto. Un asunto terrible. Me quedé conmocionado cuando recibí su mensaje.

—¿Puede decirme por qué a Lawrence se le recetaron antidepresivos?

—Estaba luchando para sobrellevar la situación después de que un colega suyo muriera en un accidente de tren. Como la mayoría de los hombres de su edad, no buscó ayuda durante mucho tiempo después del incidente e intentó lidiar con su ansiedad a su manera. Creo que al final un amigo suyo le dijo unas palabras amables. Estaba bastante mal cuando vino a verme.

—¿Sería ese el accidente de tren en el que murió Alison Campbell?

—Sí, ese mismo. Lawrence tuvo que testificar en la investigación del forense. Creo que eso fue lo que lo llevó al límite. Era más de lo que podía soportar, tener que revivir la experiencia frente a toda esa gente y sus padres.

—Realizamos un registro del apartamento de Lawrence, pero no encontramos evidencia de antidepresivos recetados. ¿Había dejado de tomarlos?

—La última vez que vino a verme, discutimos sobre reducir la dosis. Eso fue hace unas seis semanas. Lawrence sentía que estaba sobrellevando mejor la situación y quería dejar de tomarlos inmediatamente. Le advertí en contra de esto porque puede ser un shock para el sistema, y me preocupaban los efectos secundarios de hacerlo.

—¿Pero lo hizo de todos modos?

—Sí, lo hizo. Tuve una cita de seguimiento con él

hace dos semanas, y debo decir que me sorprendió la diferencia en él. Me dijo que había comenzado a practicar yoga y meditación después de ver algunos videos en línea sobre cómo pueden ayudar con la depresión. No estoy tan seguro sobre la veracidad de eso, pero le estaba ayudando. Estaba comiendo más saludable y hablaba de unirse a un gimnasio.

—Esa es ciertamente la impresión que obtuvimos al visitar su apartamento y hablar con su hermana. Nuestra investigación ha avanzado considerablemente desde que dejé mi mensaje. Tenemos evidencia que sugiere que Lawrence fue asesinado. Cuando lo vio por última vez, ¿expresó alguna preocupación?

—En absoluto. Es terrible que alguien que estaba logrando dar un giro a su vida de manera tan positiva nos fuera arrebatado tan pronto.

Kay agradeció al doctor por su tiempo y terminó la llamada antes de continuar calle arriba hacia la cafetería. Mientras hacía su pedido y esperaba que prepararan los cafés, reflexionó sobre las palabras del doctor en su mente.

Tomó la bandeja para llevar del dueño de la cafetería, asintió en agradecimiento y sacó su móvil una vez más mientras empujaba la puerta para salir.

—Lucas, soy Hunter. ¿Los rastros de antidepresivos en las muestras de sangre de Whiting? No se le habían recetado hace seis semanas. Acabo de terminar de hablar con su médico. ¿Cuánto tiempo tardarían los medicamentos en salir de su sistema?

Escuchó su respuesta y luego guardó su móvil y

aceleró el paso de vuelta por Gabriel's Hill, con todas las piezas encajando en su lugar.

Irrumpió por la puerta de la sala de incidentes, colocó la bandeja en el escritorio de Gavin y habló brevemente con él antes de apresurarse a la oficina de Sharp.

—El asesino tiene acceso a antidepresivos. Eso es lo que está usando para drogar a sus víctimas.

Sharp se apartó de su ordenador y le hizo un gesto para que se sentara. —¿Qué te hace decir eso?

—Hablé con el médico de cabecera de Whiting hace un momento. Whiting no había tenido una receta de antidepresivos en seis semanas.

—Podría haberlos conseguido de otro médico.

—No, no encontramos ninguno en su apartamento, ¿recuerdas?

—¿Has hablado con Lucas?

—Sí, y confirma los informes toxicológicos, y todo apunta a que había una gran dosis de antidepresivos en el cuerpo de Whiting en el momento de su muerte, así que nuestro asesino debe tener acceso a ellos de alguna manera.

—¿Algún registro de robos recientes en farmacias de la zona?

—Gavin está haciendo una búsqueda. Yo…

Se giró en su asiento al oír un golpe en la puerta, y Gavin entró en la habitación.

—No hay informes en el sistema sobre robos de drogas antidepresivas en farmacias en los últimos doce meses, oficial. ¿Cree que nuestro asesino tiene su propio alijo de drogas?

—Debe tenerlo.

—Junto con una gran proporción del resto de la población que sufre de una enfermedad mental —dijo Sharp y se pasó la mano por los ojos—. No se hace más fácil este caso, ¿verdad?

CAPÍTULO 34

Kay puso las manos en las caderas, echó un vistazo a los detalles que se habían añadido a la pizarra en los últimos días y suspiró.

—¿En qué estás pensando?

Esperó hasta que Sharp se unió a ella.

—Tenemos una mujer muerta que se arrojó frente a un tren, a pesar de que sus padres y su mejor amiga afirman que no tenía motivos para hacerlo. Alguien ha matado a tres de sus colegas, y no sabemos por qué. Según el vecino del prometido, eran una pareja feliz y se llevaban bien con todos. —Levantó las manos al aire—. ¿Qué demonios se me está escapando, Devon?

—¿Has logrado localizar al prometido?

—Aún no. Ha sido un poco escurridizo; no ha devuelto nuestras llamadas.

—¿Crees que podría tener algo que ocultar?

Kay se frotó el ojo derecho.

—Debo estar cansada. Ni siquiera se me había ocurrido que pudiera ser un sospechoso. Maldita sea…

—No te castigues por ello. Para eso hacemos esto. Lluvia de ideas. Hablarlo una y otra vez hasta que lleguemos a algo. No vas a ser tú quien tenga el avance cada vez.

—Me doy cuenta de eso, pero aun así… —Giró sobre sus talones y corrió hacia su escritorio antes de apartar documentos hasta que encontró el informe que buscaba. Volvió a donde Sharp permanecía junto a la pizarra y lo agitó frente a él—. La investigación del forense. Cuando llamamos al número de móvil que nos dio la compañía ferroviaria, no hubo respuesta en el de Jason Evans. He solicitado que se rastree el número para averiguar por qué, pero mira esto. El quinto miembro del equipo de trabajo, Peter Bailey. Por alguna razón, no se le pidió que declarara en la audiencia, mientras que sus cuatro colegas sí lo hicieron. Hemos dejado un mensaje en su teléfono. Si asumimos que nuestra última víctima es Jason Evans, entonces todos los colegas de Bailey que testificaron ahora están muertos.

Sharp miró su reloj.

—De acuerdo, trae a Bailey. Que Barnes y Gavin vayan a buscarlo. Entrevístalo formalmente y veamos qué tiene que decir.

———

Cuando Kay entró en la sala de interrogatorios, un hombre se levantó de una de las duras sillas de plástico, con una mirada de miedo en los ojos. Llevaba vaqueros y una camisa de manga corta, con el borde de un tatuaje asomando por debajo del dobladillo de la manga izquierda.

—¿De qué se trata todo esto?

Kay levantó la mano.

—Por favor, tome asiento y charlaremos una vez que hayamos completado las formalidades.

Él se pasó la mano por su cabello negro de corte moderno y luego se sentó en la silla. Se inclinó hacia adelante con los codos sobre las rodillas y esperó mientras Kay y Barnes se acomodaban en los asientos frente a él.

Barnes presionó el botón de "grabar" antes de advertir formalmente a Bailey como testigo, y luego hizo un gesto a Kay para que continuara con la entrevista.

—Señor Bailey, para empezar, ¿podría contarme qué sucedió el día en que Alison Campbell murió?

—Lo revivo cada noche —dijo, y se desplomó en su silla—. Sigo preguntándome si hubiera podido hacer algo para evitarlo, pero estaba demasiado lejos de ella cuando sucedió. Habíamos estado trabajando en ese tramo de vía durante un par de días. Era un proyecto bastante corto, solo tres meses en total para reemplazar algunos cables en la señalización. Alison se había unido a la empresa como ingeniera recién graduada seis meses antes, y se adaptó muy rápido. Todos los chicos del equipo la cuidaban. Quedamos devastados.

—No tengo conocimiento de cómo funciona un

proyecto así —dijo Kay—. ¿Podría explicarme cómo comenzó su día?

Él se encogió de hombros.

—Todos llegamos al sitio antes de las ocho de la mañana. Lawrence estaba a cargo de la seguridad del sitio y siempre insistía en que la reunión de seguridad se llevara a cabo puntualmente. Repasábamos las tareas del día, verificábamos dos veces que todos supieran cuál era su función. Si había una directiva formal de la oficina central, era entonces cuando nos la comunicaba. Ese día no hubo nada de eso. Así que estábamos en las vías a las ocho y media. —Hizo una pausa—. Seguramente todo esto está en el informe de la investigación, ¿no?

—Lo está, pero si no le importa, me gustaría escucharlo de usted porque solo puedo aprender hasta cierto punto leyendo un informe.

—De acuerdo. —Tomó una respiración temblorosa —. Bueno, la primera parte de la mañana transcurrió como de costumbre. El control ferroviario había cerrado la vía ascendente, que es el lado de las dos vías en el que estábamos trabajando, y hacían circular los trenes por el otro lado de las vías. Cada vez que se acercaba un tren, el control ferroviario transmitía una advertencia por radio, que luego era retransmitida al equipo por el vigía. Eso nos daba tiempo para verificar dos veces que no se hubiera caído ninguna herramienta ni nada por accidente en la vía opuesta, y terminar lo que estábamos haciendo antes de que se diera la advertencia de dos minutos para apartarnos. Tuvimos un descanso de veinte minutos a las diez y media, y volvimos a la sala del equipo. Todo era normal. Nathan puso la tetera, sacamos nuestra comida del pequeño refrigerador que habíamos enchufado allí y nos sentamos a charlar.

Se pasó la mano por la boca.

—Sigo tratando de recordar si Alison actuaba de manera diferente esa mañana. Pero no era así. No había ninguna indicación de que algo anduviera mal. Lawrence dio por terminado el descanso y volvimos a las vías justo antes de las once. En algún momento entre las cinco y cuarto pasadas, no recuerdo exactamente, tendrá que revisar el informe de la investigación, recibimos la llamada del control ferroviario de que se acercaba el próximo tren. Teníamos las puertas de la unidad eléctrica abiertas ya que estábamos reemplazando una de las placas de circuito. Alison parecía preocupada por colocar la placa de circuito en su lugar. Le toqué el hombro para llamar su atención y asegurarme de que hubiera escuchado la advertencia. Me hizo un gesto con la mano por encima del hombro y le dije que dejara lo que estaba haciendo, ya que teníamos todo el día para completar el trabajo. No había prisa. Empecé a revisar el riel electrificado, y entonces Cam gritó la advertencia de dos minutos. Alison todavía estaba trabajando en el gabinete. Me acerqué a ella y le dije: "Vamos, puedes terminar eso en un minuto, no pasará otro tren por aquí hasta y media". Dejó lo que estaba haciendo dentro, se puso de pie y… no sé… fue solo una mirada en sus ojos, y si hubiera sabido entonces lo que sé ahora…

Se frotó los ojos. —Me di la vuelta y comencé a

moverme hacia la zona segura que habíamos delimitado. Creí que ella me estaba siguiendo. Ya estaba pensando en cómo tendríamos que mover el equipo hasta la siguiente caja de control después de este trabajo. Ya sabes cómo es cuando se acerca un tren, puedes oír cantar los rieles. Bueno, eso empezó a suceder y entonces pude sentir la aproximación del tren a través del suelo. Era un expreso, así que no iba despacio. Los trenes locales más pequeños viajaban un poco más lento, pero toda la idea de nuestra forma de trabajar es asegurarnos de que los trenes se vean interrumpidos lo menos posible. El maquinista hizo sonar el claxon, lo cual era un poco inusual porque le habrían dicho que estábamos trabajando allí y habría sabido que el control ferroviario ya nos había avisado por radio para que nos apartáramos. Entonces oí gritar a Lawrence y, al darme la vuelta, vi a Alison levantar el pie sobre el riel electrificado. El maquinista no pudo hacer nada. Ella no se detuvo. No miró atrás. Simplemente se dio la vuelta y encaró el tren de frente.

Un silencio atónito llenó la habitación.

Bailey agachó la cabeza y comenzó a sollozar.

Kay se levantó y se acercó a él, se agachó y le puso la mano en la rodilla. —Lo siento, Peter. Sé que esto ha sido difícil para usted, pero tenía que saberlo.

Él asintió, sorbió y sacó un pañuelo de algodón del bolsillo de sus vaqueros, luego se sonó la nariz. —Lo sé.

Kay volvió a su silla, y cogió de nuevo su libreta y su bolígrafo mientras Barnes empujaba una fotografía a través de la mesa hacia Bailey. —Peter, esta es una foto de alguien que estamos tratando de identificar. ¿Conoce a este hombre?

Los ojos de Bailey recorrieron la fotografía, y su rostro palideció. —Es Jason Evans. ¿Qué le pasó?

—Jason murió atropellado por un tren hace dos noches —dijo Barnes.

—Peter, ¿puede decirnos dónde estuvo esa noche entre las ocho de la tarde y las dos de la madrugada?

Se echó hacia atrás en su asiento. —Estaba en casa. N-no pueden creer en serio que soy responsable de su muerte, ¿verdad?

—¿Puede alguien confirmar su paradero?

Su frente se arrugó. —Pedí una pizza a las once.

—Necesitaremos el número de teléfono de la pizzería.

—¿Qué hay de entre las once y las dos? —dijo Barnes.

—Y-yo estaba dormido. Es decir, después de comer mi pizza, me quedé viendo la tele un rato más y luego me quedé frito. Tenía que estar en el trabajo a las seis porque es cuando llegan los camiones de reparto con la comida fresca.

—Volviendo al día de la muerte de Alison. Mencionó que no había ninguna indicación de que algo estuviera mal con Alison esa mañana. La investigación del forense declaró que se centró en que fue un accidente laboral, pero no suena así por lo que nos ha contado —dijo Kay.

Bailey negó con la cabeza. —Nunca me llamaron para declarar. Yo era un ingeniero junior en ese momento y, no sé, supongo que con todos los demás siendo más antiguos que yo dando testimonio, pensaron que no me necesitaban. Pero siempre dije que no fue un accidente. Ella se puso delante de ese tren por elección propia.

—¿Tiene alguna idea de por qué?

—Ninguna en absoluto. Le he dado vueltas en la cabeza desde entonces. Ella y su prometido iban a casarse en tres meses. Recuerdo cuando se corrió la voz en el trabajo; un par de chicas de administración organizaron un té a la mañana para celebrarlo. Parecía realmente feliz. Fue solo esa mañana que sentí que algo andaba mal. Parecía preocupada, lo cual era inusual en ella. Era tan estudiosa. Me había mencionado la semana anterior que su jefe la había propuesto para su sistema interno de promoción rápida a la dirección. Tenía todo por lo que vivir.

CAPÍTULO 35

Exhausta, Kay extendió la mano y movió el ratón sobre el escritorio.

La pantalla del ordenador cobró vida una vez más, y ella lanzó una mirada furtiva hacia el escritorio de Gavin.

El joven agente golpeaba un bolígrafo contra su brazo, con la cabeza inclinada mientras pasaba la página del libro de texto a su lado y luego garabateaba otra nota en el bloc junto a él.

—¿Cómo van los exámenes?

Él terminó de escribir, se recostó y dejó el bolígrafo antes de frotarse la cara con las manos.

—Sé que no debería quejarme —dijo, con una leve sonrisa cruzando sus facciones mientras dejaba caer las manos en su regazo—. Después de todo, estaré trabajando largas horas como estas cuando sea detective, pero en este momento mi cabeza está dando vueltas.

—Date un respiro. Estamos en medio de una investigación de asesinato, y ya llevas sentado ahí una hora y media. —Le devolvió la sonrisa—. No vas a recordar nada si estás cansado. ¿Cuándo es el próximo examen?

—Dentro de unas cuatro semanas.

—Tiempo de sobra para aprender todo eso.

—Sí, probablemente tengas razón.

—¿Vas a irte?

—Creo que sí. Me doy cuenta de que puedo concentrarme en estas cosas durante una hora más o menos, y luego mi mente empieza a divagar. No creo que logre nada quedándome más tarde.

Kay volvió su atención a la página web de noticias en su pantalla y se obligó a leer otro artículo.

Tenía que ser paciente. No podía arriesgarse a que Gavin sospechara y se preguntara por qué estaba tan ansiosa por sacarlo de la sala de incidentes.

No había tenido oportunidad de llamar a Adam para decirle que planeaba trabajar hasta tarde, pero tampoco había esperado que Gavin se quedara atrás para estudiar. Levantó la vista al notar movimiento al otro lado de la habitación.

Él estaba alcanzando algo debajo de su escritorio, y luego sacó una mochila de colores brillantes antes de meter en ella su libro de texto y sus notas.

—¿Vas a conducir a casa?

—No, voy a encontrarme con unos amigos para tomar algo, así que probablemente tomaré el autobús o un taxi después. —Se echó la mochila al hombro y se dirigió hacia su escritorio—. ¿Te vas a quedar aquí un rato?

—Solo un poco. No tardaré mucho en seguirte. Anda, vete.

—Gracias, Kay. Nos vemos mañana.

—Nos vemos.

Lo observó moverse por la sala de incidentes, sus largas piernas cubriendo el espacio en unas pocas zancadas, y esperó hasta que cerró la puerta tras él.

Miró su reloj y comenzó a contar los minutos.

Logró contar dos.

Lanzándose de su silla, corrió hacia el ordenador de Gavin y exhaló cuando vio que no había cerrado sesión, y la pantalla del ordenador aún mostraba los iconos de los diversos programas que usaban.

Sharp le había dicho antes sobre asegurarse de que su ordenador estuviera apagado antes de salir de la oficina. Aunque los limpiadores evitarían la habitación, y Kay cerraría la puerta cuando se fuera, simplemente no podían permitirse que alguien viera el progreso de la investigación o manipulara alguna de las notas del caso.

Kay agradeció silenciosamente al agente de policía por su olvido en esta ocasión y se acomodó en su silla, con la mano suspendida sobre el ratón.

Miró por encima de la pantalla hacia la puerta abierta. En algún lugar del edificio, podía oír una aspiradora y calculó que tenía unos quince minutos antes de que alguien apareciera.

La visión de la pantalla comenzando a atenuarse la galvanizó a la acción. Sus dedos se cerraron alrededor del ratón, y movió el cursor por el escritorio para evitar que el ordenador entrara en modo de suspensión.

No tenía ni idea de cuál era la contraseña de Gavin, y hasta que lo había visto bostezando sobre sus libros de texto, ni siquiera sabía lo que iba a hacer.

Ahora, un fugaz pulso de culpa la atravesó.

Podría no tener otra oportunidad de hacer esto, no con la forma en que la investigación entraría en otra fase y los detectives tendrían que asumir trabajo extra. El equipo se dividiría pronto, se les delegarían otras tareas además del caso de Lawrence Whiting, y podría no tener la sala de incidentes para ella sola por mucho más tiempo.

Se mordió el labio antes de que sus pensamientos volvieran al estado de la casa después de que hubieran sido robados, y al hecho de que alguien estaba tratando de asustarla para que se alejara.

Si tenían miedo de que ella tropezara con algo, entonces tenía que continuar. Significaba que había algo que valía la pena perseguir.

Pero ¿qué?

El ruido de la aspiradora se acercó.

—Ahora o nunca —murmuró.

Hizo clic en el icono de la pantalla para la base de datos HOLMES2 y escribió los detalles del caso de memoria. Tragó saliva, luego presionó la tecla "Enter" y giró su bolígrafo entre los dedos mientras esperaba que la pantalla se actualizara.

Quería volver a comprobar los registros de las pruebas, el mismo registro que había visto la noche anterior. No podía ir por ahí señalando con el dedo y culpando a otras personas, no sin estar absolutamente segura.

Miró por encima de su hombro, la paranoia manifestándose en piel de gallina en sus antebrazos.

La oficina permanecía vacía, y nadie se movía en el pasillo más allá.

Tragó saliva y volvió su atención a la pantalla del ordenador.

La pantalla se actualizó, y el bolígrafo se le cayó de la mano.

—¿Qué demonios?

Frunció el ceño y miró más de cerca, desplazándose por la lista de entradas en una dirección, luego en la otra.

—Eso es imposible.

Apartó el ratón y se recostó en la silla. Un escalofrío le recorrió la espalda, pero sabía que no era por el entusiasta aire acondicionado.

Alguien había eliminado todos los registros relacionados con el arma registrada como evidencia, incluido el nombre que había descubierto apenas la noche anterior.

Era como si nunca hubiera existido.

CAPÍTULO 36

Kay cambió de marcha, indicó a la derecha y giró el coche hacia un laberinto de urbanizaciones temprano a la mañana siguiente, intentando mantener el rastro de los diferentes callejones sin salida que desaparecían a su izquierda y derecha.

—Es la segunda a la derecha por aquí —dijo Barnes, señalando a través del parabrisas.

Después de concluir su entrevista con Peter Bailey, Kay había decidido que no estaba dispuesta a esperar a que Kevin McIntyre, el prometido de Alison, le devolviera las llamadas.

Ahora, se detuvo frente a la casa de McIntyre y se tomó un momento para observar el jardín delantero bien cuidado y la pintura impecable. Un seto bajo de ligustro marcaba el límite entre la propiedad y la acera.

—¿Cuál es la historia de este tipo?

—Treinta y dos años. Actualmente desempleado —dijo Kay—. No ha vuelto a trabajar desde que Alison murió. Bailey dijo que no tenía que hacerlo; ambos tenían seguro de vida, así que Kevin pagó la hipoteca.

—Qué bien.

—Excepto por las circunstancias. —Se desabrochó el cinturón de seguridad y sacó las llaves del contacto —. Vale, vamos.

Echó un vistazo a las casas de enfrente mientras cerraba el coche, pero no parecía que hubiera nadie. Miró su reloj. Faltaba otra hora para que las escuelas se vaciaran y el callejón sin salida se convirtiera en un patio de recreo no oficial en cuestión de segundos después de que los niños regresaran a casa.

Siguió a Barnes por el camino del jardín y esperó mientras él tocaba el timbre de la puerta principal.

—No creo que esté en casa.

Se dio la vuelta al oír la voz a su izquierda y vio a una mujer de unos sesenta y tantos años asomándose por encima de la valla.

—¿Sabe cuándo podría volver?

La mujer negó con la cabeza. —Lo siento, no. No sale mucho; solo sé que está fuera en este momento porque vi salir su coche.

Kay hizo un gesto a Barnes y se dirigió hacia la casa de la vecina.

La mujer clavó una horquilla de jardín en el borde de flores mientras se acercaban. —¿Es esto sobre las muertes en el ferrocarril de las que oí hablar? —No esperó una respuesta—. ¿Sabían que su novia murió en el mismo tramo de vía hace un tiempo?

—Lo sabía —dijo Kay—. Es de lo que queríamos hablar con él.

—Fue horrible. Eran una pareja tan encantadora. Alison siempre me saludaba de camino al trabajo, como si no tuviera una preocupación en el mundo, y se iban a casar en septiembre. Me había mostrado fotos del vestido de novia que había elegido. Iban a ir a la República Dominicana de luna de miel.

Kay miró por encima de la valla hacia el jardín de McIntyre. —La casa se ve ordenada. ¿Cómo lo está llevando?

La mujer se encogió de hombros. —Se mantiene más aislado estos días —dijo—. No lo vemos tanto como antes. Cuando Alison estaba viva, íbamos a su casa cada par de meses para cenar, o ellos venían a la nuestra. Teníamos un gato, y Kevin lo alimentaba si nos íbamos de viaje. Creo que la última vez que tuve una conversación apropiada con él fue hace unos tres meses, cuando vino a ayudar a mi marido a cortar unas ramas de un árbol grande que tenemos en el jardín trasero. Fue terrible. Se derrumbó por completo después de la muerte de Alison. Podíamos oírlo llorar por la noche; las paredes aquí son bastante delgadas. No sabíamos qué hacer. Nos ofrecimos a ayudarlo en la casa y el jardín cuando podíamos, para que al menos tuviera algún contacto con alguien, pero simplemente quería que lo dejaran solo para llorar. Realmente lo pasó mal después del accidente, y luego tuvo que revivirlo todo durante la investigación. La investigación tardó mucho. Parecía arrastrarse, cuando todo lo que él quería eran algunas respuestas. Fue una época terrible para él. Estuvimos realmente preocupados por él durante un tiempo.

Kay sacó una de sus tarjetas de visita de su bolso y se la entregó a la mujer. —Será mejor que nos vayamos. Gracias por su tiempo. ¿Quizás podría pasarle esto a Kevin por mí y pedirle que me llame?

—Por supuesto —dijo la mujer.

—¿Y ahora qué? —dijo Barnes mientras se alejaban en el coche.

Kay inclinó la muñeca y miró su reloj. —Todavía nos queda una hora más o menos antes de la reunión informativa de esta tarde. El tramo de vía donde mataron a Lawrence no está muy lejos de aquí; quiero ir a echar otro vistazo.

Le tomó veinte minutos navegar el coche alrededor de las afueras del centro de la ciudad y hacia el suburbio donde vivía Elsa Flanagan. Pasó frente a la casa de su testigo ocular y frenó cuando vio el hueco en la valla y el comienzo del sendero que Elsa dijo que había usado para llegar al campo.

—Vamos —dijo—. Demos un paseo.

Avanzaron por el sendero, cuidando dónde pisaban entre los surcos fangosos en la hierba alta. Llegaron al final del sendero después de un par de minutos, y se ensanchó en la parte superior del campo. La vía del tren corría por el extremo de derecha a izquierda, y a la derecha de Kay, podía ver la puerta de acero en el seto por la que ella y Carys habían caminado solo unas noches antes.

El campo parecía tranquilo ahora, con una pequeña

bandada de estorninos sobrevolando el extremo lejano antes de dirigirse a través de las vías del tren.

Barnes miró por encima de su hombro y luego de vuelta hacia las vías del tren mientras un tren expreso atravesaba el campo a toda velocidad. —El asesino de Whiting debe haber esperado hasta que la otra paseadora de perros diera la espalda para irse a casa. Eché un vistazo a su declaración como testigo; no vio a nadie alrededor en ese momento. Ciertamente no vio a Whiting en las vías.

—En ese caso, *debe* haber drogado a Lawrence con los antidepresivos. No hay otra forma de hacerlo. Debe haberlo puesto en el maletero de su coche o algo así, porque Harriet dijo que definitivamente encontraron marcas de arrastre en el barro. No obtuvieron huellas de los pies del asesino, así que debe haber cubierto las suelas de sus zapatos.

Barnes observó cómo el último vagón se alejaba en la distancia. —Tuvo suerte, ¿no? Solo hay unos veinte minutos entre estos trenes.

Kay dejó caer la mirada sobre las vías gemelas que atravesaban el paisaje. —No tuvo suerte, Ian. Conoce este lugar. Conoce los horarios de los trenes, incluyendo todos los cambios recientes en los itinerarios de primavera. Ha estado aquí antes, aunque Elsa Flanagan y la otra paseadora de perros nunca lo vieron. Me imagino que ha estado planeando esto durante un tiempo —señaló con la barbilla hacia la entrada del campo—. Es lo que no podía entender la otra noche cuando atendíamos la escena. Nuestro asesino no está usando esta línea para deshacerse de los cuerpos.

—¿Qué quieres decir? —Barnes se protegió los ojos mientras miraba el ferrocarril.

—Esto es personal. Está haciendo una declaración. Creo que por eso se aseguró de darle a Whiting solo la cantidad suficiente de drogas para llegar hasta aquí. Quería que sufriera. —Frunció el ceño—. La pregunta es: ¿por qué? ¿Por qué esta ruta de tren en particular es tan importante para él? ¿Y por qué matar a Lawrence Whiting de esa manera?

Otro claxon de tren sonó desde la dirección de Maidstone, y un par de minutos después, un tren más pequeño de tres vagones pasó a toda velocidad.

Barnes hizo una mueca. —Dave Walker dijo que los trenes solo reducían la velocidad en unos sesenta y cinco kilómetros por hora cuando hay gente trabajando en las vías —dijo—. No puedo creer que Alison se pusiera delante de uno sin dudarlo.

—Yo tampoco —dijo Kay—. Lo que nos lleva a preguntarnos, ¿por qué lo hizo?

—Ciertamente parecía tener todo por lo que vivir.

—Exactamente. Entonces, ¿qué cambió entre la última vez que los vecinos la vieron y esa mañana?

—¿Crees que ella y su prometido tuvieron una discusión?

—La vecina dijo que las paredes de esas casas son delgadas. Pienso que nos habría dicho algo si hubiera escuchado una discusión. Pero se lo preguntaremos a

McIntyre cuando hablemos con él. Aun así, parece bastante drástico, ¿no?

Barnes pateó una piedra suelta. —Todas estas muertes…

—Y ni un solo sospechoso —dijo Kay—. Lo sé. A mí tampoco me gusta, Ian. Pero seguiremos cavando.

—Creo que vamos a necesitar una pala más grande —murmuró, y se dirigió de vuelta hacia el coche.

CAPÍTULO 37

A la mañana siguiente, después de una noche de sueño inquieto, Kay cerró de golpe la puerta del coche y atravesó el estacionamiento hacia la entrada segura de la comisaría.

Había llegado hacía veinte minutos, se había acercado a la barrera de seguridad como de costumbre y había pasado su tarjeta de seguridad, solo para que fuera rechazada. Para cuando logró que alguien la dejara pasar por la puerta, ya llevaba cinco minutos de retraso para la reunión informativa de esa mañana.

El hombre que la había dejado pasar por la barrera había probado la tarjeta y se la había devuelto con una mirada de pesar.

—Tendrás que conseguir una nueva. La banda electromagnética de esta no es reconocida por el sistema.

Ya cansada e irritable por haber pasado las primeras horas de la mañana dando vueltas en la cama mientras repasaba el caso en su mente, Kay maldijo por lo bajo antes de agradecerle y conducir a través de las puertas ahora abiertas.

Miró su reloj. En todos sus años como oficial, nunca había llegado tarde a una reunión informativa a menos que estuviera fuera entrevistando testigos o siguiendo otra investigación.

Extendió la mano y presionó el botón del intercomunicador, luego empujó la puerta cuando el sargento de guardia liberó la cerradura. Él extendió su mano mientras ella se acercaba al mostrador.

—Me han dicho que has tenido problemas con tu tarjeta. Vamos a conseguirte una nueva ahora mismo.

—No tengo tiempo, Hughes. Ya llego tarde a la reunión informativa de la mañana.

—No puedo hacer nada al respecto, lo siento. Necesitarás una tarjeta para acceder a las oficinas de todos modos.

Kay gruñó, entregó la tarjeta ahora inútil y esperó mientras Hughes completaba la documentación para emitirle una nueva. Garabateó su firma en la parte inferior del formulario que le pasó, tomó la tarjeta de él y luego corrió por el edificio, subiendo las escaleras hacia la sala de incidentes de dos en dos.

Sharp estaba en pleno discurso cuando ella abrió la puerta. Hizo una pausa y arqueó una ceja.

Ella levantó la mano en señal de disculpa, dejó caer su bolso en el suelo junto a su escritorio y acercó una silla.

—Como decía antes de que la oficial Hunter

decidiera honrarnos con su presencia, si alguien tiene noticias de Gavin esta mañana, háganmelo saber inmediatamente. Bien, el enfoque de hoy será dar seguimiento a la información que hemos recibido de Peter Bailey en relación con la causa de la muerte de Alison Campbell. También necesitamos hablar con su prometido lo antes posible, así que sigan intentando llamar a su móvil. Quiero evaluar su reacción al resultado de la investigación del forense. Carys, trabaja con Dave Walker y Robert Moss del Departamento de Transporte para obtener copias de sus informes después de la muerte de Alison. Compara las declaraciones de los testigos con la declaración de Peter Bailey de ayer. Haz una lista de cualquier otra persona de esos informes con la que creas que debemos hablar.

—La investigación se llevó a cabo hace seis meses —dijo Barnes—. Alison murió seis meses antes de eso. Me pregunto por qué nuestro asesino solo comenzó después de la investigación. Si sentía que los colegas de Alison deberían haber hecho algo para prevenir su muerte, ¿por qué esperar?

—Tal vez esperaba justicia para Alison del resultado de la investigación —dijo Kay—. Quizás el resultado fue un shock para él; después de todo, todos los involucrados fueron exonerados. Nadie fue considerado responsable, mientras que él piensa que deberían serlo.

Sharp golpeó la fotografía de Kevin McIntyre que había sido clavada en la pizarra blanca. —En este momento, hasta que hablemos con Kevin McIntyre y nos proporcione algunas respuestas, sigue siendo nuestro principal sospechoso. Mientras tanto, Kay, tú y Barnes vayan a hablar con los padres. Será interesante ver qué tienen que decir sobre McIntyre. Nos reuniremos a las cuatro en punto como de costumbre.

El teléfono del escritorio de Kay comenzó a sonar mientras ella volvía a colocar su silla en su lugar.

—¿Hola?

—Kay, soy Teresa de administración. ¿Sobre tu tarjeta de acceso?

—Hola, gracias por llamarme tan rápido. No pude entrar al estacionamiento esta mañana, y Hughes dijo algo sobre que la banda electromagnética estaba dañada.

—Sí, no sé qué pasó allí. La hemos revisado de nuevo y no aparece en el sistema. Es como si no existieras.

A Kay se le puso la piel de gallina. —¿No es eso un poco inusual?

—Absolutamente. Normalmente eso solo sucedería si desactiváramos manualmente la tarjeta, por ejemplo, si alguien se va. He hablado con mi jefe aquí abajo y no tenemos idea de por qué sucedió esto. Solo puedo disculparme por las molestias.

Con la boca seca, los pensamientos de Kay se dirigieron a la noche anterior. ¿Habría activado alguna alerta mientras usaba el ordenador de Gavin?

¿De qué otra manera podría explicar por qué su tarjeta de seguridad ya no funcionaba? ¿Alguien estaba tratando de enviarle un mensaje?

—Hughes dijo que te está dando una tarjeta temporal —dijo Teresa—. Te conseguiré un reemplazo permanente dentro de una hora. Si quieres pasar a recogerla y no estoy aquí, la dejaré con alguien para ti.

—Eso es genial, Teresa. Gracias.

Kay terminó la llamada y dejó caer el auricular en su base.

—¿Qué pasa con Gavin, Ian?

—No se presentó esta mañana —dijo Barnes, levantando la vista de su ordenador—. Sharp estaba bastante enojado, te lo puedo asegurar, especialmente cuando tú tampoco apareciste para la reunión informativa.

—¿Alguien ha intentado llamarlo?

—Sí. Va directamente al buzón de voz. Creo que todos le hemos dejado un mensaje en algún momento esta mañana. Es extraño, siempre pensé que era un poco más responsable que esto.

Kay murmuró una respuesta y movió el ratón para despertar su ordenador. Ingresó su contraseña e intentó concentrarse en los correos electrónicos que se habían acumulado.

Intentó convencerse de que Gavin estaba bien, que simplemente estaba siendo un idiota y había terminado teniendo una noche larga con los amigos con los que dijo que se pondría al día después del trabajo.

Excepto que era totalmente extraño de su parte.

Una sensación de malestar comenzó a agitarle el estómago, y todo tipo de escenarios comenzaron a pasar por su mente.

Trató de empujar sus pensamientos al fondo de su mente, pero mientras miraba la pantalla del ordenador y las palabras comenzaban a desdibujarse, se dio cuenta de que pronto tendría que dejar de pensar en su propia investigación o correría el riesgo de perderse algo. Tenía que demostrarle a Sharp que era capaz de liderar esta investigación. El incidente con su tarjeta de acceso la había sacudido. Evidentemente, alguien estaba tratando de hacerla quedar mal. No podía permitir que eso sucediera. Levantó la vista, de repente consciente de que alguien estaba parado sobre ella.

—Oye. —Barnes se paró junto a su silla e hizo tintinear las llaves del coche en su mano—. Te dije que vamos, tenemos que hablar con los padres de Alison Campbell.

—Claro. —Kay bloqueó la pantalla de su ordenador, cogió su bolso, agarró su chaqueta del respaldo de la silla y comenzó a seguir a Barnes hacia la puerta.

—Hunter, necesito hablar contigo, por favor —dijo Sharp. Hizo un gesto a Barnes para que continuara y se volvió hacia Kay.

—¿Jefe?

—¿Qué pasó esta mañana? Normalmente no eres la última en llegar.

—Lo siento. Mi tarjeta de acceso no funcionaba. No pude entrar ni al aparcamiento ni al edificio. Tuve que esperar hasta que alguien me dejara entrar. Le he pedido a administración que lo investigue y me han dado una temporal. —Levantó el trozo de plástico blanco.

—Está bien. Ve a ver a los padres de Alison Campbell. Nos vemos en la reunión de esta tarde. No llegues tarde otra vez.

CAPÍTULO 38

Kay respiró profundamente y cerró los ojos por un momento, saboreando el calor del sol mientras permanecía de pie en el umbral.

—Aprovéchalo —dijo Barnes—. Están pronosticando niebla espesa para los próximos días.

—Eso hará las cosas interesantes para nuestros amigos de Tráfico.

—Allá vamos.

Kay abrió los ojos y se giró cuando la puerta principal se abrió y un hombre se asomó, frunciendo sus pobladas cejas grises mientras observaba a los dos desconocidos.

—¿Martin Campbell?

—¿Sí?

—Oficial de policía Kay Hunter. Este es mi colega, el agente Ian Barnes. Nos preguntábamos si podríamos hablar con usted sobre su hija, Alison.

Él frunció el ceño, luego se hizo a un lado.

—Eh, supongo que sí. Pasen.

Kay lo siguió hasta una sala luminosa, cuya falsa alegría estaba suavizada por las fotografías enmarcadas que ocupaban toda la longitud de una ornamentada repisa a mitad de la pared del lado opuesto.

Una chimenea de gas ocupaba el lugar donde alguna vez se habrían quemado troncos, pero a pesar de esto, una pequeña colección de atizadores de latón colgaba de un estante a la izquierda del conjunto.

Los ojos de Kay recorrieron la habitación, y casi dio un salto cuando notó a una mujer sentada en uno de los sillones al fondo, con sus ojos oscuros asomándose bajo una maraña de cabello prematuramente encanecido.

—Por favor —dijo Martin Campbell, y señaló los otros sillones—. Tomen asiento.

—Gracias.

—La oficial Hunter está aquí para hablarnos sobre Alison —le dijo a la mujer, antes de volverse hacia Kay —. Esta es mi esposa, Karen.

—Gracias por recibirme con tan poco aviso —dijo Kay, y sacó su libreta del bolso, consciente de las intensas miradas de la pareja clavadas en ella—. Me doy cuenta de que esto traerá recuerdos terribles para ustedes, y me disculpo, pero me interesa escuchar de ustedes qué pasó cuando Alison murió. ¿Dónde estaban en ese momento?

—Yo estaba en el trabajo —dijo Martin—. Tenía un empleo como operador de montacargas en uno de los grandes almacenes del polígono industrial de Aylesford.

—Bajó la mirada hacia sus manos apretadas en su

regazo—. El supervisor del almacén salió de su oficina agitando los brazos para que apagara el motor. Estaba pálido, nunca lo había visto así. Por un momento pensé que había hecho algo mal con el montacargas, hasta que me dijo que la policía quería hablar conmigo. Estaban esperando afuera con el coche; podía sentir las miradas de todos mientras cruzaba el patio hacia él. —Tragó saliva.

—¿Señora Campbell?

—Yo también estaba en el trabajo. Antes tenía un empleo, en el centro de jardinería cerca de la autopista. —Se secó las lágrimas—. No he vuelto desde entonces.

—Karen se tomó la muerte de Alison particularmente mal —dijo Martin, y extendió la mano para tomar la de su esposa—. No podía soportar la idea de que volviera a trabajar hasta que estuviera lista.

—¿Cómo era Alison? Tengo entendido que era una muy buena ingeniera —dijo Barnes.

—Y hasta el día de hoy, no tengo idea de dónde sacó eso —dijo Martin, con una nota de orgullo en su voz—. Ninguno de nosotros era bueno en cosas así. Cuando nos dimos cuenta durante su tercer año de secundaria lo buena que era en matemáticas, pagamos para que asistiera a clases adicionales dos veces por semana; le encantaba. Lo absorbía todo.

—¿Dónde fue a la universidad?

—Plymouth —dijo Karen—. No quería que estuviera tan lejos de casa, pero hizo amigos fácilmente, y solíamos ir en coche un par de veces al año a verla, para evitar que tuviera que venir hasta aquí, y tener unas pequeñas vacaciones juntos.

—¿Allí conoció a Kevin McIntyre?

—No, ella y Kevin se conocieron en una conferencia de ingeniería para posgraduados en Croydon hace un par de años —dijo Martin—. Era una especie de feria de carreras; muchas empresas de ingeniería tenían stands allí para que personas como Alison pudieran reunirse con ellos y hablar sobre posibles carreras. Después de eso, a Alison le ofrecieron un trabajo en la empresa de ingeniería ferroviaria (su oficina central está en Dartford) y Kevin consiguió un trabajo con una empresa que trabajaba en la instalación de gas en la Isla de Sheppey. Cuando ese contrato terminó, acabó trabajando en sus oficinas centrales en Ashford.

—¿Cuánto tiempo llevaban comprometidos? —dijo Kay.

Karen sacó un pañuelo de algodón de su manga y se sonó suavemente la nariz.

—Unos cuatro meses —dijo.

—¿Les dio alguna indicación de que estuviera teniendo problemas en casa o en el trabajo?

Kay notó la mirada que se cruzó entre la pareja y contuvo la respiración.

—Deberías contarle —dijo Martin, y dio unas palmaditas en el dorso de la mano de su esposa.

Karen tomó una respiración temblorosa antes de hablar.

—Esa mañana tenía prisa por salir para ir al trabajo —dijo—. Teníamos un gato viejo que encerrábamos en la cocina por la noche. Cuando bajamos esa mañana, había hecho un desastre, así que para cuando lo limpié, ya iba con retraso. Mi móvil sonó cuando estaba cerrando la puerta principal; la parada de autobús está a diez minutos a pie de aquí. Vi que era el número de Alison, así que contesté.

—Estaba sin aliento, emocionada. Era difícil entender lo que decía con el ruido del tráfico a mi lado. Le dije que no podía hablar en ese momento, y que viniera directamente del trabajo, y podríamos tener una conversación apropiada. —Las lágrimas rodaban por sus mejillas—. Y luego, en cuestión de horas, estaba muerta. Nunca tuve la oportunidad de hablar con ella de nuevo. Siempre me he preguntado qué quería decirme. Debería haber escuchado. Debería haber…

Kay le dio a la pareja un momento para recomponerse, y luego frunció el ceño.

—¿Qué hay de su relación con Kevin? ¿Algún problema allí?

—Ninguno en absoluto —dijo Martin—. Kevin la adoraba.

—¿Han mantenido el contacto con él?

—Nos distanciamos —dijo Karen—. Fue muy duro para todos nosotros, pero luego tener que vivir la investigación del accidente ferroviario y todo el interés de los medios… bueno, me temo que nos volvimos un poco recluidos. Quizás demasiado.

—Ya era bastante difícil lidiar con nuestro propio dolor —dijo Martin—. No podíamos hacer frente a ayudar a Kevin con el suyo también.

—¿Qué tiene que ver la muerte de Alison con su investigación, detective? —preguntó Karen.

—Por el momento, simplemente estoy trabajando con mi equipo para investigar y aprender sobre las muertes en ese tramo de vía, con la esperanza de que pueda arrojar algo de luz sobre nuestras indagaciones actuales. —Kay guardó su libreta en el bolso y se puso de pie—. Les agradezco a ambos por hablar conmigo hoy, gracias.

Martin se levantó con dificultad del sofá.

—Espero que ayude.

Kay estrechó la mano de Karen y luego siguió a Martin hasta la puerta principal.

Él la abrió, luego se inclinó hacia adelante y bajó la voz mientras Barnes se dirigía hacia el coche.

—Entiendo que tiene un trabajo que hacer, oficial. Pero nada nos devolverá a nuestra hija.

Sus labios se tensaron, y luego cerró la puerta suavemente antes de que Kay pudiera responder.

Ella suspiró, luego se dirigió pesadamente de vuelta al coche, con el corazón apesadumbrado.

CAPÍTULO 39

Kay se deslizó por la puerta de la sala de incidentes y maniobró hasta colocarse en la parte de atrás, con Carys uniéndose a ella.

Mientras comenzaba la reunión, notó un aire apagado entre sus colegas y se preguntó qué habría ocurrido durante su ausencia de la oficina. Sharp terminó de hablar, transmitiendo palabras de aliento al equipo, antes de dar por concluido el informe de la tarde, y todos empezaron a recoger sus pertenencias y a salir por la puerta para terminar el día.

Frunció el ceño.

Un silencio absoluto llenaba el espacio. Donde normalmente el equipo de investigación estaría haciendo planes para tomar una copa rápida después del trabajo, o gritándose unos a otros sobre las tareas asignadas para el día siguiente, en su lugar parecían inusualmente callados.

Agarró a Debbie cuando pasaba junto a ella de camino a la salida.

—¿Qué pasa?

—Anoche le dieron una paliza a Gavin. Está en el hospital.

—¿Qué?

—Sí. Un par de costillas rotas, al parecer.

—¿Kay?

Ella levantó la mirada hacia el fondo de la sala. Sharp hizo un gesto hacia su oficina.

—Te veo mañana —dijo Debbie—. Hay mucho que hacer, ¿verdad?

—Cierto. Nos vemos.

Mientras se dirigía a la oficina de Sharp, oyó a Debbie y Carys marcharse juntas, sus voces desvaneciéndose mientras se alejaban por el pasillo, intercambiando novedades, y entonces dejó de prestarles atención.

—¿Qué le pasó a Gavin? —le preguntó a Sharp.

—Fue atacado en el aparcamiento junto al Bishop's Palace anoche tarde. Al parecer, había salido a tomar algo con unos amigos y le asaltaron cuando volvía a su coche.

—Me dijo que iba a coger un taxi.

—Supongo que cambió de opinión. Desde luego estaba por debajo del límite de alcohol permitido para conducir, ya que solo había tomado un par de cervezas ligeras durante todo el tiempo que estuvo allí.

—¿Sospechosos?

—No en este momento. Los agentes que investigan

tienen las imágenes de las cámaras de seguridad, aunque Gavin les dijo que sus agresores llevaban bufandas cubriendo sus rostros, así que no pudo proporcionar detalles.

—¿Cuántos eran?

—Dice que dos le atacaron, pero había un tercero haciendo de vigilante y conductor. Después de darle una paliza, se acercó un coche y sus dos atacantes saltaron dentro antes de que se marchara.

—¿Qué tan mal está?

—Dos costillas rotas, laceraciones en la cara. Contusiones. Van a mantenerlo ingresado un par de días para asegurarse de que no haya daño en los órganos internos.

—¿Motivo?

—Ninguno que podamos determinar. Para empezar, no se llevaron su cartera.

Kay tragó saliva.

—En fin, siéntate cinco minutos —dijo Sharp—. Ponme al día sobre lo que tienes hasta ahora. ¿Algo de interés?

—He hablado con los padres de Alison Campbell. Kevin McIntyre la adoraba, pero han perdido el contacto con él desde su muerte.

—Comprensible, supongo.

—Sí. Debió ser terrible para todos ellos. Karen Campbell dijo que la mañana en que Alison murió, recibió una llamada suya cuando salía de casa para ir al trabajo. Dijo que Alison sonaba "sin aliento, emocionada".

—¿Podría confundirse con otra cosa?

—Yo también me lo pregunté. Karen dijo que era difícil oír a Alison por el ruido del tráfico; ella iba caminando hacia la parada del autobús en ese momento. Le dijo a Alison que la llamara después del trabajo.

—Caramba, eso debe estar atormentándola.

—Karen no ha vuelto al trabajo desde ese día. No puedo imaginar lo que debe estar pasando. —Kay arrojó su libreta sobre el escritorio—. Me dio la impresión de que ninguno de los dos lo está llevando muy bien.

—¿Les explicaste la naturaleza de nuestra investigación?

—Solo que tenemos otro caso que estamos investigando en este momento y que esperábamos obtener algunas ideas sobre la relación laboral de Alison con sus colegas. No vi el sentido de plantear el tema de que Alison se hubiera quitado la vida; de todos modos, por ahora solo tenemos la palabra de Peter Bailey al respecto.

—Bien pensado. Sin embargo, tendremos que mantenerlos informados si las cosas avanzan y resulta que sí lo hizo.

—Entiendo.

Se levantó de la silla y recogió su libreta.

—Seguiré el rastro de Kevin McIntyre a primera hora de mañana. Realmente necesitamos cerrar ese ángulo y averiguar qué sabe.

—De acuerdo. —Sharp apagó su ordenador y se echó la chaqueta sobre los hombros—. Por supuesto, no ayuda que estemos con un hombre menos ahora que Gavin está postrado en el hospital.

Kay se mordió la lengua y lo siguió fuera de la sala de incidentes, y luego señaló una puerta a la que se acercaban.

—Voy a entrar aquí antes de irme a casa en coche.

—Entonces te veo por la mañana.

—Jefe.

Empujó la puerta del baño de mujeres y colocó su bolso en el estante sobre la hilera de lavabos.

Se aferró al borde de uno de los lavabos y evitó mirarse en el espejo. No quería reconocer la culpa que sabía que se reflejaría en sus ojos. En su lugar, alargó la mano y giró el grifo, dejando que el agua fría se derramara sobre la superficie de cerámica, y se mojó la cara antes de coger un par de toallas de papel y presionarlas contra su piel.

Las arrugó y las arrojó al cubo junto a la pared de azulejos, y reprimió las ganas de gritar de frustración.

Alguien se había enterado de sus continuos intentos de descubrir la verdad, y Gavin había pagado el precio por su terquedad y su negativa a rendirse.

Levantó la mirada, se soltó el pelo y pasó los dedos por él mientras su mente daba vueltas. Pensaba que estaba siendo inteligente, y que al cubrir sus huellas podría arrojar algo de luz sobre lo que estaba sucediendo.

En cambio, uno de sus colegas ahora se estaba recuperando en el hospital, y ya no podía confiar en nadie más en el edificio.

Alguien se había enterado de que ella había accedido al sistema para intentar averiguar qué había sucedido con el arma, y esa misma persona parecía estar decidida a enviarle un mensaje muy claro para que se detuviera, llegando incluso a eliminar registros cruciales de evidencia de la base de datos y atacando a alguien que no tenía nada que ver con la vendetta contra ella.

Dio un paso atrás desde el lavabo y se estremeció.

Si hubiera sabido que estaba poniendo a Gavin en peligro, nunca habría usado su ordenador para continuar su investigación.

Cerró los ojos y agachó la cabeza.

—Oh, Gavin. ¿Qué demonios he hecho?

CAPÍTULO 40

Kay le mostró rápidamente su placa a la enfermera sentada en el mostrador de recepción mientras se acercaba, y sonrió.

—Me doy cuenta de que estoy visitando fuera del horario. ¿Podría ver a Gavin Piper, por favor?

La enfermera le lanzó una mirada de reproche.

—Tenemos horarios de visita por una razón, ¿sabe?

—Lo siento. Hemos estado ocupados y no pude venir antes. ¿Cómo está él?

—Adolorido, me imagino. Dos costillas rotas, la nariz fracturada y una leve conmoción cerebral. Espero que atrapen a los bastardos que le hicieron esto. Es un tipo encantador. —Tomó un portapapeles y se lo pasó a Kay por encima del mostrador—. Regístrese. Puede tener quince minutos con él, no más, y eso solo porque tiene una habitación para él solo y el médico ya ha terminado sus rondas.

—Gracias. —Kay garabateó su firma en la página y devolvió el bolígrafo—. ¿Por dónde?

Siguió las indicaciones que le dio la enfermera, y luego giró y avanzó por el pasillo de color magnolia pasando la entrada de la sala principal. Algunas de las camas tenían cortinas corridas para darles privacidad, mientras que formas durmientes acurrucadas bajo mantas ocupaban las otras camas. Un anciano con auriculares la vio y asintió con la cabeza.

Ella le hizo un pequeño saludo con la mano, preguntándose si habría tenido alguna visita esa noche para desearle que se mejorara, y luego continuó hacia las habitaciones privadas.

Comprobó los números en las puertas hasta que llegó a la que la enfermera le había indicado, y llamó antes de entrar.

Gavin levantó la cabeza de la almohada cuando ella entró y cerró la puerta, y ella se detuvo en seco, conmocionada por su apariencia.

Su nariz tenía una gran banda de cinta adhesiva, con moretones floreciendo a cada lado y sobre sus cuencas oculares. Su habitual cabello rubio pulcro estaba erizado en mechones, y exudaba agotamiento. Un feo arañazo marcaba una de sus mejillas, y había empujado las sábanas hasta la cintura, dejando al descubierto vendajes envueltos alrededor de su torso. Cuando sus ojos volvieron a su rostro, ella parpadeó.

Él sostuvo su mirada, y luego señaló la bolsa en su mano.

—Por favor, dime que no trajiste uvas.

—Galletas Hobnob. No las imitaciones baratas. —Metió la mano en la bolsa y agitó el paquete en el aire.

—Bien hecho. Dámelas.

—¿Estarás bien comiendo estas?

—Sí. Por suerte solo me rompieron la nariz, no los dientes.

Ella sonrió y miró por encima del hombro para asegurarse de que la puerta se había cerrado correctamente antes de meter la mano en la bolsa una vez más.

—También traje esto.

Sacó cuatro botellas miniatura de licor.

—Oficial, eres una leyenda en ciernes. —Intentó sonreír, pero el movimiento le hizo llorar y se removió incómodo en la cama.

Kay desvió la mirada, observó el televisor que colgaba de un soporte en la pared y notó que había un partido de fútbol. Se acercó, le entregó tres de las cuatro botellas pequeñas y tomó una de las de brandy para ella.

También le pasó el paquete de galletas, luego miró alrededor de la escueta habitación antes de dirigirse a la ventana y tomar la silla que estaba debajo. La maniobró hasta que estuvo junto a la cama y podía ver la televisión.

Gavin le ofreció el paquete abierto de galletas, y ella tomó una antes de señalar la pantalla.

—¿Quién está jugando?

—El Real Madrid y el Benfica.

—¿De dónde es el Benfica?

—De Portugal. Un club de Lisboa. No te tomaba por una aficionada al fútbol, jefa.

Kay se encogió de hombros.

—No me importa ver los partidos más importantes. Especialmente si predigo que el equipo de Barnes va a perder. Otra vez.

Gavin se rio y luego gimió y se agarró las costillas.

—Lo siento, no quería hacerte reír.

—Está bien. También me pasa si estornudo o toso, así que tengo que aguantarme.

—Tienes un aspecto terrible.

Él iba a encogerse de hombros, pero cambió de idea rápidamente.

—Ya me he roto las costillas antes. Haciendo snowboard. Aunque prefiero que me pase así que de esta manera. Es más divertido.

Kay se inclinó y alcanzó el mando a distancia, bajando el volumen del partido antes de volverse hacia él.

—¿Qué pasó? ¿Dónde estabas?

—Estaba con unos amigos en ese nuevo bar de la calle Bank, detrás del Ayuntamiento. —Se sonrojó—. Hicieron una especie de cierre tardío después de que el local hubiera cerrado. Solo unos pocos clientes habituales y yo, eso sí.

—De acuerdo. —Kay tomó otro sorbo de su bebida —. Continúa.

—Mis amigos se fueron como media hora antes que yo. Me quedé hablando con la pareja que es dueña del lugar, y no me fui hasta las doce menos cuarto. Había dejado mi vehículo en ese aparcamiento detrás de la iglesia y el Bishop's Palace esa mañana, así que volví caminando por la calle College para recogerlo. Los bastardos me atacaron cuando estaba entrando al aparcamiento.

—¿Te estaban esperando?

Él asintió ligeramente.

—Tenía que ser así. Nadie me siguió desde el bar.

—¿Cuántos eran?

—Dos. Quizás me habría ido bien si hubiera sabido que estaban allí, pero fueron demasiado rápidos y no me lo esperaba.

—¿Has presentado una denuncia y todo?

—Sí. Aunque no servirá de mucho.

Kay dudó en estar de acuerdo con él, pero lo que decía era cierto. No era inaudito que la gente fuera atacada en la ciudad en las primeras horas de la noche, y aunque muchos perpetradores eran atrapados gracias a las imágenes de las cámaras de seguridad, había muchos que se salían con la suya.

—En fin —dijo Gavin—. Basta de hablar de mí. ¿Qué está pasando con la investigación?

Ella tomó un sorbo de brandy antes de responder.

—Hoy intentamos hablar con el prometido de Alison Campbell, pero no estaba en casa. Es triste; según la vecina, eran una pareja muy agradable. Obviamente, él ha estado en un estado lamentable desde que ella murió, pero la casa se ve bastante ordenada. Ahora estamos esperando que se ponga en contacto con nosotros. Esperaré hasta mañana por la tarde, y si no he tenido noticias, pasaré por allí de nuevo de camino a casa.

Ambos levantaron la vista al oír un golpe en la puerta.

—Dame eso —dijo Gavin, y le arrebató la botella de brandy de la mano.

La puerta se abrió y la enfermera que había estado sentada en recepción asomó la cabeza.

—Dije quince minutos —señaló—. Han pasado más de treinta. Tengo que pedirle que se vaya. Él necesita descansar.

—Gracias —respondió Kay—. Saldré en dos minutos. ¿Está bien?

La enfermera asintió y se retiró.

Kay se giró justo a tiempo para ver a Gavin sacando las dos botellas de alcohol de debajo de las sábanas.

Él sonrió con picardía.

—Nunca pensé que fueras de las que se dedican al subterfugio, jefa.

Ella tomó la botella de sus manos y la vació antes de meterla en su bolso.

—No sabes ni la mitad, Piper. Descansa un poco.

CAPÍTULO 41

Kay dio un respingo cuando sonó el teléfono de su escritorio y maldijo por lo bajo cuando el vaso de plástico con agua junto a su codo se volcó, derramando los restos de su contenido sobre una pila de carpetas de manila.

Alargó una mano hacia el teléfono mientras con la otra tomaba un puñado de pañuelos de una caja junto al monitor de su ordenador y secaba los archivos.

—Kay Hunter.

—Oficial, soy Hughes de la recepción. Hay un tal Kevin McIntyre aquí para verla.

Kay arrugó los pañuelos ahora empapados y los arrojó a la papelera. —Voy enseguida.

Agarró su libreta y un par de bolígrafos antes de salir de la sala de incidentes, recorrer el pasillo y bajar las escaleras. Cuando llegó al área de recepción, un hombre solitario estaba sentado de espaldas a la pared en una de las sillas de plástico atornilladas al suelo.

Hughes, el sargento de guardia, levantó la vista de su trabajo y señaló con su bolígrafo hacia el hombre. Kay asintió en agradecimiento y se dirigió hacia los asientos.

—¿Kevin McIntyre? Soy la oficial de policía Kay Hunter.

Él se levantó y estrechó su mano extendida.

Ella dio un paso atrás, sorprendida por su altura, y levantó la barbilla. —Gracias por venir. Habría estado encantada de ir a su casa.

—Tenía una cita con el dentista en la ciudad. Pensé en pasar por aquí de camino a casa, para ahorrarle el viaje.

—Gracias, es muy considerado de su parte. ¿Le apetece una taza de té o algo?

—No, estoy bien, gracias.

—De acuerdo, pues si quiere seguirme, hay una sala por aquí que podemos usar.

Lo guio por el pasillo y abrió la puerta de una de las salas de interrogatorios. Señaló la mesa y las cuatro sillas. —Tome asiento.

Esperó hasta que él se acomodó antes de abrir su libreta en una página nueva y destapar uno de sus bolígrafos, luego le explicó la advertencia formal.

McIntyre se inclinó sobre la mesa y cruzó las manos frente a él. —Mi vecina me dijo que quería hablar conmigo sobre la muerte de Alison.

—Así es. Lamento si esto trae recuerdos dolorosos. Pero espero que pueda ayudarme a arrojar algo de luz sobre una investigación en la que estamos trabajando actualmente.

—Todavía no puedo creer que se haya ido —dijo—. Ya casi ha pasado un año, pero sigo esperando que vuelva a entrar por la puerta de casa.

—¿Qué tan bien conocía a sus colegas?

Se encogió de hombros. —No conocía a todos con los que trabajaba. Había tres o cuatro con los que socializaba tal vez una vez al mes más o menos. Generalmente en un pub que estaba más o menos a mitad de camino de donde todos vivíamos. A veces nos reuníamos un domingo por la tarde para tomar un par de copas, especialmente durante el verano. Alison se enganchó a un viejo juego de pub llamado "bat and trap".

—¿Y cómo ha estado usted, señor McIntyre? ¿Está sobrellevándolo bien?

Suspiró. —Ha sido duro. Últimamente, puedo pasar un par de días sin pensar en ella, y luego lo recuerdo, y me siento culpable porque no he pensado en ella. No puedo imaginar cómo debe ser para sus compañeros de trabajo que estaban allí cuando sucedió.

—¿Cómo era su relación con Alison?

—¿Perdón?

—¿Se llevaban bien todo el tiempo o discutían mucho?

—Íbamos a casarnos en septiembre de este año. ¿Eso responde a su pregunta?

—Todas las relaciones pasan por momentos difíciles, señor McIntyre. Solo quiero entender cómo era Alison como persona.

—Supongo que discutíamos de vez en cuando, como todo el mundo.

—¿Puede contarme qué pasó ese día desde su perspectiva?

—Yo estaba en el trabajo. Eran alrededor de las doce. Estaba en una reunión de ventas con mi jefe y tres colegas, era una conferencia telefónica con nuestra oficina de ventas en Swindon. La recepcionista, Annie, abrió la puerta y recuerdo que su cara estaba muy pálida. Parecía que iba a vomitar. Me pidió que saliera de la sala, y mi jefe la reprendió por interrumpirnos en medio de una reunión y ella preguntó si no podía esperar. Recuerdo que no dejaba de mirarme. Le dijo a mi jefe que se trataba de Alison, y que la policía estaba en recepción queriendo hablar conmigo. No esperé su respuesta, salí de la sala y corrí por el edificio hasta el área de recepción. Había dos policías allí, y dijeron que había habido un accidente en el ferrocarril. Pregunté si Alison estaba bien, y la policía mujer miró a su colega y luego a mí, y lo supe. Supe que estaba muerta.

Se secó los ojos, y Kay le acercó la caja de pañuelos.

—Sé que esto debe ser doloroso para usted, y lo siento, pero estoy investigando la muerte de cuatro de sus colegas que estaban presentes cuando ocurrió el accidente.

McIntyre levantó la cabeza de golpe. —¿Qué quiere decir? Nathan y Cameron se suicidaron. Eso es lo que había oído. Pensé que era porque no podían vivir con el recuerdo de ese día. Pensé que era porque los antidepresivos que estaban tomando no funcionaban. —Parpadeó—. ¿Quién más ha muerto?

—Lawrence Whiting y Jason Evans. Tenemos razones para creer que sus muertes están de alguna manera relacionadas con su novia.

—¿Por qué?

—Es lo único que vincula las cuatro muertes. Una de las muertes se está investigando como asesinato, y es entonces cuando nos dimos cuenta de la conexión con los otros tres hombres.

—¿Por qué? ¿Qué clase de monstruo haría eso? ¿No han sufrido ya bastante esos pobres hombres y sus familias?

—Señor McIntyre, tengo que preguntarle, como cuestión de diligencia debida, dónde estaba usted las noches de sus muertes.

Su mandíbula se abrió de golpe, y luego se recuperó. —Me doy cuenta de que solo está haciendo su trabajo, oficial Hunter, pero puedo asegurarle que estaba en casa en esas ocasiones. Desde que Alison murió, no salgo mucho estos días.

—¿Puede alguien dar fe de su paradero?

Se reclinó en su silla. —De hecho, sí. —Sacó su móvil y lo deslizó por la mesa hacia Kay—. He hablado con mi madre todas las noches desde que mi padre murió en un accidente de coche hace dos años, y siempre la llamo cuando termina el noticiero de las nueve.

—¿No tiene teléfono fijo?

Una leve sonrisa cruzó sus labios. —¿Quién lo tiene, en estos días?

—¿Y este es el único móvil que tienes?

Él frunció el ceño. —¿Por qué querría otro?

Kay señaló el móvil. —Necesitaré el número de teléfono de su madre, por favor.

CAPÍTULO 42

Kay rondaba cerca del escritorio del oficial de policía Jake O'Reilly mientras este terminaba una llamada telefónica, y luego correspondió a su sonrisa con una propia cuando él guardó su móvil.

—Hunter, creía que todavía estabas sepultada bajo la investigación de Lawrence Whiting.

—Así es —dijo ella—. Escuché que te estabas encargando del caso de agresión… ¿Gavin Piper?

—Te digo, no sé en qué se está convirtiendo este lugar si ni siquiera un policía fuera de servicio está a salvo.

—¿Algún avance?

—Tenemos algunas imágenes de las cámaras de seguridad del aparcamiento, pero todas apuntan a los edificios que lo rodean. Solo se ve una pequeña parte del aparcamiento. Parece que nuestros estimados concejales y urbanistas estaban más preocupados por los grafiteros que pudieran marcar las paredes de un edificio medieval que por la seguridad de la gente al volver a sus coches por la noche.

Kay dejó que el oficial mayor continuara. Compartía su frustración, pero se daba cuenta de que el presupuesto para cámaras a menudo era limitado, y si los edificios históricos alrededor de Maidstone resultaran dañados en su lugar, recibirían la misma cantidad de llamadas del público. No disminuiría su carga de trabajo.

—¿Pudiste ver algo en absoluto?

Él movió el ratón de su escritorio de lado a lado.

—Ven aquí y échale un vistazo tú misma. Es uno de los tuyos, ¿verdad?

—Sí. Quiere ser detective. Tiene la actitud correcta.

—Bueno, esperemos que esto no lo desanime.

Kay tragó saliva, pero no dijo nada. Ni siquiera había contemplado ese resultado cuando habló con Gavin la noche anterior.

O'Reilly se inclinó y acercó una silla del escritorio detrás de él, indicándole a Kay que se sentara.

—Gracias.

—He recortado la grabación, así que nos ahorraremos el avance rápido. Esto comienza cuando Piper entra al aparcamiento.

—De acuerdo.

Presionó el botón de "reproducir" en la pantalla, y la imagen en blanco y negro se sacudió una vez antes de que la película comenzara.

Desde la esquina superior derecha, apareció Gavin,

con las manos metidas en los bolsillos de su chaqueta y su andar tranquilo.

—Este es su coche, aquí abajo en la esquina inferior izquierda. Aparcó bajo una farola, pero la bombilla se había fundido.

—Conveniente.

—Sí.

Observó cómo Gavin llegaba al centro de la pantalla, a mitad de camino de su coche.

Algo llamó su atención, y miró por encima de su hombro derecho antes de detenerse.

De repente, un hombre se lanzó contra el joven agente de policía, atacándolo desde su punto ciego con una carga de hombro que no le dio tiempo a tomar acción evasiva y lo envió rodando por el asfalto.

Kay jadeó y se cubrió la boca con la mano.

Había visto peleas antes y había detenido algunas durante su tiempo en uniforme, pero había algo absolutamente desgarrador en ver a alguien que consideraba un colega cercano recibir la peor parte de un ataque, incluso si sabía que actualmente estaba a salvo en el hospital.

Un segundo hombre apareció detrás de Gavin, entrando en el encuadre antes de propinarle una patada en la espalda a su víctima que hizo que los propios riñones de Kay se contrajeran en empatía.

—Jesús.

Los dos hombres se inclinaron y comenzaron a golpearlo, apuntando a su cara y costillas.

Gavin se encogió en posición fetal e intentó

protegerse, pero Kay sabía demasiado bien cómo le había ido.

No había tenido ninguna oportunidad.

Frunció el ceño cuando un vehículo apareció en la esquina inferior derecha a gran velocidad y luego se detuvo.

Las cabezas de los dos atacantes se levantaron de golpe, como si los hubieran llamado, y se levantaron del asfalto, uno dándole una última patada en las costillas a Gavin mientras se enderezaba, y luego ambos corrieron hacia el vehículo antes de que este se alejara a toda velocidad.

—Eso es todo lo que tenemos.

Ella parpadeó.

O'Reilly se inclinó y detuvo la grabación, y luego se recostó en su silla y la miró.

—No pude ver sus caras.

—Hemos intentado mejorarla, pero no sirve de nada.

—¿Qué hay de otras cámaras de seguridad? ¿Captaron la matrícula del vehículo?

—Sí, pero no sirvió de nada. Era falsa, y el vehículo fue encontrado quemado en un área de descanso cerca de Boughton Monchelsea ayer por la mañana. Se usó un acelerante y no hay huellas.

Kay se hundió en su asiento.

—Lo siento mucho, Hunter, pero no creo que vayamos a tener mucha suerte.

—Lo sé. No hay mucho con lo que trabajar, ¿verdad?

Él negó con la cabeza.

—De acuerdo. —Suspiró y se enderezó antes de empujar la silla de vuelta bajo el escritorio detrás de él, y luego le dio una palmada en el hombro—. Gracias por intentarlo. Avísame si puedo ayudar en algo, ¿de acuerdo?

—Lo haré.

Kay se abrió paso a través de la puerta hacia el pasillo principal y se detuvo.

A su derecha, la sala de incidentes la esperaba.

Miró su reloj y luego dio la espalda al bullicio de charla que venía de ese extremo del pasillo y se dirigió hacia las escaleras.

Levantó una mano saludando a los agentes de policía que atendían el mostrador de recepción y salió por la puerta principal, antes de meter las manos en los bolsillos de su fino abrigo y girar a la izquierda hacia el río.

Una brisa fresca azotó su cabello, y ella miró hacia el cielo gris, preguntándose si el clima más cálido haría su aparición antes de fin de mes, o si debería desempacar su guardarropa de invierno de nuevo en la primera oportunidad que tuviera.

Presionó el botón del cruce peatonal, sintió un fugaz momento de victoria cuando el semáforo cambió a ámbar casi de inmediato, y cruzó la calle tranquilamente.

La acera se curvaba mientras pasaba por el museo en el lado opuesto de la calle y caminaba hacia la entrada del estacionamiento.

Al cruzar el estacionamiento, entrecerró los ojos en

el lugar donde Gavin había sido atacado.

Una gran camioneta de siete plazas y un hatchback mediano color granate ocupaban los espacios de estacionamiento donde él había caído, y al levantar la barbilla, pudo distinguir la cámara de seguridad en su soporte junto a la farola de la que O'Reilly había obtenido las imágenes de video.

Un escalofrío le recorrió la espalda y se detuvo, antes de dar una vuelta completa, con el ceño fruncido.

Había más de una persona involucrada. Podría tener un nombre en mente, pero había otros; eso estaba claro.

¿La estarían vigilando ahora? ¿Aquellos que habían organizado el ataque a Gavin la estarían espiando?

No tenía duda de que los hombres que lo habían golpeado no eran los titiriteros que buscaba.

La persona detrás de todo esto, la vendetta contra ella y sus subsecuentes problemas, era demasiado astuta e inteligente para llevar a cabo tal ataque por sí misma.

Sacudió la cabeza para aclarar sus pensamientos.

Hasta que ella y el equipo hubieran llevado ante la justicia al asesino de Lawrence Whiting, no podía permitirse desviar su atención a otra parte. De alguna manera, sabía que el tiempo estaba de su lado. Hasta ahora, cada advertencia había sido reactiva: ella había tenido que hacer algo para provocarlos.

Tal vez si esperaba y se tomaba su tiempo por unos días, ¿pensarían que su estratagema había funcionado?

—Descubriré quién te hizo esto, Gavin —murmuró—. Tan pronto como este caso termine, me aseguraré de que los encierren.

CAPÍTULO 43

Kay pasó la página y examinó la información que habían enviado los empleadores de Alison.

Al principio, se habían mostrado reacios a ayudar, pero después de asegurarles que la policía solo deseaba revisar los registros de fechas de empleo y cualquier ausencia del trabajo, se envió por correo electrónico a Debbie West una versión reducida de sus registros.

—Aquí tengo también los registros del médico de cabecera, oficial —dijo, momentos antes de reenviar un correo electrónico a Kay—. Les he echado un vistazo rápido, pero no veo nada que indique que pudiera cometer suicidio.

—Tampoco hay registro de problemas en el trabajo. No parece el tipo de persona que actúa por impulso, lo que hace aún más difícil de entender que se arrojara frente a un tren.

Debbie acercó una silla libre y se sentó junto a Kay.

—Supongo que dependería de sobre qué discutieron ella y Kevin McIntyre.

—Tienes razón, pero aun así…

—Parece un poco drástico, ¿no?

—Sí, exactamente, y no parece ser una reina del drama. —Kay hojeó sus notas—. ¿Qué tan avanzados estaban con la planificación de la boda? Aquí está: anunciaron su compromiso tres meses antes de que ella se suicidara. La boda iba a celebrarse en septiembre de este año.

Cerró su cuaderno y tomó su móvil del escritorio, antes de marcar el número de Martin Campbell.

—Veamos qué tienen que decir sus damas de honor sobre ella. ¿Hola? ¿Señor Campbell? Sí, me preguntaba si podría ayudarme.

———————

—¿Y cómo es que me arrastras a esto a mí y no a nuestra protegida?

Kay le lanzó las llaves del coche a Barnes y se subió al asiento del pasajero.

—Porque si llevo a Carys, tendré que escuchar lo bien que está manejando su carga de trabajo y por qué supuestamente le estoy dando ventajas a Gavin y no a ella, a pesar de que él está en el hospital en este momento.

El agente mayor sonrió mientras sacaba el coche del aparcamiento de la comisaría.

—No se puede negar su ambición. Es buena.

—Los dos lo son, y tengo mucho tiempo para ellos, pero a veces incluso tu mal sentido del humor puede resultar atractivo.

—Ay, oficial, me estás haciendo sonrojar.

—No te pases.

Se rieron, y Kay sacó su cuaderno para compartir lo que había averiguado del padre de Alison sobre la mujer que su hija había elegido para ser su dama de honor.

—Bien, Rebecca Ashgrove. Veintisiete años, casada con un hijo de un año. Tenemos un horario ajustado ya que tiene que irse antes de las dos para ir a recogerlo de la guardería. Está en Wateringbury.

—De acuerdo. —Barnes dirigió el coche sobre el río Medway y aceleraron una vez que salieron de los límites de velocidad del pueblo—. ¿Algo más?

—Según el padre de Alison, ella no quería un montón de amigas haciendo cola para ser damas de honor, así que solo tuvo una.

—Eso nos facilita el trabajo.

Rebecca Ashgrove abrió la puerta principal y dejó entrar a los dos detectives con la prisa de una madre de un recién nacido, y Kay se sintió inmediatamente impactada por el olor a pañales y comida para bebés.

Sin importar lo que dijeran los nuevos padres, se pegaba a todo, y Kay apartó la sensación de anhelo que amenazaba con abrumarla. En su lugar, echó un vistazo a la sala de estar, notando la cuidadosa colocación de objetos afilados u ornamentos delicados, y se volvió para ver a Rebecca sonriéndole.

—Es un mundo completamente nuevo, como tener a

Elizabeth en nuestras vidas —dijo, y movió una pequeña colección de peluches del sofá para que pudieran sentarse—. Así que ni siquiera voy a disculparme por el desorden.

—No es un problema —dijo Kay—. Esta habitación tiene un ambiente feliz.

Aparecieron hoyuelos en las comisuras de la boca de la mujer.

—Lo tiene, ¿verdad? —Su rostro se volvió serio—. Pero no están aquí para hablar de bebés, ¿no?

—Nos preguntábamos si podría ayudarnos con una investigación. Algo de información de fondo, si puede, con respecto a Alison Campbell. ¿Puede contarnos un poco sobre ella? ¿Cuánto tiempo hacía que la conocía?

Rebecca se acomodó en un sillón y cruzó las piernas debajo de ella.

—Nos conocíamos desde la secundaria, como, desde siempre. Ya saben cómo es: un montón de niños de diferentes pueblos todos juntos a los doce años en una gran escuela. Creo que ambas teníamos los ojos como platos el primer día, como, no sabíamos qué hacer ni adónde ir. Simplemente gravitamos la una hacia la otra, ¿saben? Cuando salimos de la escuela, Alison se fue a la universidad a estudiar ingeniería, y yo decidí estudiar floristería. Para cuando Alison se graduó, yo tenía mi propia tienda en Maidstone. Ella solía venir y, como, ayudarme durante sus descansos semestrales.

—¿Le gustaba eso?

—Era muy divertida: hacía que incluso los trabajos aburridos fueran divertidos. A menudo tardábamos más en limpiar o hacer el inventario cada semana solo para chismorrear, como, ¿saben?

Barnes terminó de escribir.

—¿Alguna indicación de que pudiera estar deprimida?

—No, ninguna en absoluto. Créanme, sigo pensando en los días antes de que muriera, preguntándome si debería haber notado algo, pero no hay nada.

—Entendemos que ella y Kevin podrían haber tenido una discusión la mañana antes de que muriera —dijo Kay—. ¿Sabe algo sobre eso?

—Es la primera vez que lo oigo. Kevin nunca lo ha mencionado.

—¿Se mantiene en contacto con él?

Negó con la cabeza, antes de bajar la mirada a su regazo y girar la alianza en su dedo.

—No. Solo lo conocía a través de Alison, así que, para ser honesta, no fue difícil distanciarnos después de que ella muriera. —Levantó la cabeza y se encogió de hombros—. Alison era mi mejor amiga. Ni siquiera pensé en mantener el contacto con Kevin después.

De vuelta en el coche y viajando de regreso a Maidstone, Kay golpeó su puño contra la ventanilla del coche y reflexionó sobre los comentarios de Rebecca.

A pesar de la afirmación de la mujer de que ella y Alison habían sido mejores amigas, no parecía que Alison confiara lo suficiente en ella como para hablarle sobre lo que la preocupaba tanto que pensó que su única opción era suicidarse.

¿Qué podría haber estado preocupando a la joven

graduada de ingeniería? ¿Había cometido un error en el trabajo? ¿Quién culpaba a sus colegas por su muerte?

—Creo que será mejor que llame de nuevo a sus empleadores cuando volvamos a la sala de incidentes, Ian. Solo hemos visto lo que está en su expediente oficial de personal. Tal vez estaba pasando algo más allí.

—Yo también he estado pensando en eso. Me pondré en contacto con los empleadores de McIntyre también. Eso podría desenterrar algo interesante; nunca se sabe.

—¿No te importa? También tienes que transcribir la declaración de Rebecca.

Barnes negó con la cabeza.

—No debería llevar mucho tiempo. Para cuando haya omitido la palabra "como", esta declaración solo ocupará media página, de todos modos.

CAPÍTULO 44

Terminó la llamada y arrojó el móvil al otro lado de la habitación en un ataque de ira. El hombre se había negado a reunirse con él, a pesar de sus mejores intentos de persuadirlo para una charla tranquila, como él la había llamado.

Le temblaban las manos y, al girarse para tomar el vaso de agua que tenía al lado, percibió el olor de su propio cuerpo y ropa sin lavar. Había logrado mantenerse compuesto al hablar con la policía para que no sospecharan nada. Pero ahora, a medida que el final se acercaba y su programa de entrega del proyecto se aproximaba a su conclusión inevitable, su propia higiene había decaído.

Intentó recuperar el control, reprimiendo la ira con el gran trago que tomó antes de volver a dejar el vaso sobre la mesa.

No podía permitirse llamar la atención. Hasta ahora, había trabajado sin interrupciones. A pesar de los desafortunados eventos con la paseadora de perros, había recuperado la confianza en su capacidad para entregar sus proyectos a tiempo. Se había envalentonado aún más después de su conversación con la policía.

No tenían idea de quién estaba llevando a cabo los asesinatos, eso estaba claro.

Apretó los puños.

Alcanzó su diario, el que completaba cada noche con una caligrafía cuidadosa usando un lápiz suave y oraciones precisas y ordenadas. A veces le llevaba una o dos horas anotar todos sus pensamientos y planes, pero no había prisa. No tenía ningún otro lugar donde necesitara estar.

Después, tomaba una goma de borrar y eliminaba todo rastro de sus divagaciones. Las palabras no eran importantes; lo que importaba era plasmarlas en el papel y sacarlas de su mente.

Cuando Alison murió, su médico le había dicho que llevar un diario podría ayudarlo a lidiar con su dolor. Se había convertido en mucho más que eso. A veces escribía durante lo que parecía una eternidad, y luego se detenía y leía lo que había escrito. Las palabras a menudo lo sorprendían. No sabía de dónde venían, pero reconocía la frustración y la ira que contenían.

Colocó el lápiz entre las páginas y cerró el diario. Aún no había terminado, su mente seguía dando vueltas, pero las palabras aún no se habían formado. Había aprendido durante los últimos meses a tomarse su tiempo. Pasó la mano por la cubierta de cuero en relieve y olfateó antes de frotarse los ojos con los nudillos.

Alison le había comprado el diario para su cumpleaños el año anterior. Solo ella entendía su mente inquieta.

Su pecho dolía por la pérdida de ella. Su garganta se tensó, y otra oleada de lágrimas amenazaba con brotar, sus ojos ardiendo. No creía que el dolor de corazón lo abandonaría jamás, a pesar de las amables palabras que su médico le había transmitido mientras le entregaba un puñado de folletos de colores sombríos con títulos como "Comprendiendo el Duelo".

Él entendía el duelo, vaya que sí.

Era salvaje; lo consumía todo. Cada momento de vigilia lo pasaba preguntándose cómo sería ahora si ella aún estuviera viva.

Reabrió el diario, la página se desdibujaba mientras continuaba escribiendo a pesar de las lágrimas que corrían por sus mejillas. A veces, era casi como si estuviera hablando directamente con Alison, como si ella pudiera escuchar las palabras que plasmaba.

Podía imaginarla, con la cabeza inclinada hacia un lado como siempre hacía cuando se concentraba en lo que se le decía. Esperaría hasta que la persona terminara de hablar, esperaría un par de segundos, y luego sus ojos se iluminarían y comenzaría el debate.

¿Y si? ¿Por qué no? ¿Y cómo podrían?

Con la mente en calma, dejó el diario a un lado una vez más.

Sus pensamientos se dirigieron a la caja de herramientas metálica que guardaba bajo la mesa que sostenía el ferrocarril en miniatura. Agachándose, abrió la tapa, retiró la bandeja interior y sacó los frascos de pastillas que había estado guardando. Se enderezó y desenroscó la tapa del frasco. Vertiendo el contenido en la palma de su mano, contó el número de pastillas que quedaban.

No tenía muchas; las llaves que había encontrado en el bolsillo de Lawrence Whiting habían entrado fácilmente en la cerradura de la puerta del apartamento del hombre, y una rápida búsqueda en los armarios del baño había revelado una receta a medio usar de antidepresivos. Había usado guantes, como había visto hacer a la policía en la televisión, y se aseguró de no tocar nada más en el apartamento antes de retirarse y cerrar silenciosamente la puerta tras de sí.

Alcanzó su libreta y bolígrafo, donde había anotado su estimación del peso de Peter Bailey después de seguirlo a casa desde el trabajo a principios de esa semana.

Se había mantenido en las sombras, convencido de que el hombre sabía que lo estaban siguiendo. Comparó la dosis con el peso del hombre. No importaba lo que dijera Bailey, tenía que reunirse con él.

Tenía que encontrar una manera.

Había suficientes pastillas para completar el proyecto final, así como suficientes para él. Volvió a verter las pastillas en el frasco, apretó la tapa y las devolvió a la caja de herramientas.

Pasó una página en su libreta, y al hacerlo, sus ojos se posaron en la fotografía enmarcada que había colocado junto a los controles del ferrocarril en miniatura.

Había hecho todo esto por ella. Era culpa de ellos que se la hubieran arrebatado tan pronto. Deberían haber estado cuidando de ella. Siempre le habían dicho que ella era como una hermanita para ellos, entonces, ¿por qué no la cuidaron y la mantuvieron a salvo del peligro?

CAPÍTULO 45

El sonido de los dedos de Barnes tecleando en su ordenador proporcionaba el ruido blanco perfecto para Kay mientras examinaba la información que habían recibido de los empleadores de Alison y Kevin.

Había pasado media hora hablando con su compañía de seguros sobre el allanamiento al regresar a la sala de incidentes.

Para cuando la habían puesto en espera tres veces y luego había saltado todos los obstáculos para concertar la visita de un perito y enviar una copia del informe policial para que su reclamación fuera procesada, la luz de la tarde se había desvanecido y se sintió aliviada de volver a su trabajo.

—Interesante.

—¿Qué tienes?

Barnes tocó su pantalla. —Como parte del paquete de empleo de Kevin cuando comenzó con la empresa de ingeniería, le proporcionaron un teléfono móvil. Dice aquí que nunca lo devolvió.

—Nunca mencionó un segundo móvil cuando lo entrevisté.

—Ahora, ¿por qué haría eso? —Barnes arqueó una ceja.

Kay miró su reloj. La reunión informativa de la tarde debía comenzar en cinco minutos. —Solo hay una forma de averiguarlo. Lo llamaré y le preguntaré.

Tamborileó con los dedos sobre el escritorio mientras el número se conectaba y luego sonaba, antes de rendirse cuando se fue al buzón de voz. Negó con la cabeza y colgó. —No contesta. ¿Tienes ahí el número del móvil del trabajo?

Barnes se lo leyó, luego miró por encima de su cabeza. —Parece que Sharp está a punto de comenzar la reunión.

—Un momento. —Kay marcó los números del segundo teléfono móvil y esperó.

De nuevo, la llamada se conectó, pero esta vez fue directo al buzón de voz.

—No debe estar cargado —dijo.

—Necesitas ver esto, Oficial.

Kay levantó la vista del teléfono móvil al oír que Carys se acercaba. —¿Qué tienes?

—Pensé en hacer otra búsqueda de Kevin McIntyre para finalizar la declaración que tenemos de él. Mira esto. —Le entregó el documento—. Es un registro de una llamada telefónica que Cameron Abbott hizo al oficial de guardia la semana antes de su muerte.

—¿Por qué ha tardado tanto en encontrarse esto?

—Su nombre no apareció cuando realizamos las búsquedas en la base de datos a principios de esta semana, porque está escrito de manera diferente en este informe.

—¿Qué denunció Abbott?

—Cameron dijo que McIntyre lo estaba acosando: llamadas telefónicas, siguiéndolo, amenazándolo. McIntyre tenía un número de móvil diferente en ese momento. Fue amonestado, pero nada más. Cameron murió tres días después.

———

Kay se aferró a la correa sobre la puerta del pasajero mientras Barnes hacía girar el coche alrededor de una mini rotonda y aceleraba una vez más.

En su otra mano, sostenía su teléfono móvil, transmitiendo instrucciones a Carys para que organizara el coche patrulla más cercano para que se reuniera con ellos en la dirección de McIntyre con una orden de registro.

Su cinturón de seguridad se clavó en su pecho cuando Barnes frenó frente a la casa, y ella terminó su llamada.

—¿Estás absolutamente segura de esto?

—Sí. Todo tiene sentido. Culpa a todos en el equipo del proyecto por la muerte de Alison. Se negó a aceptar los hallazgos del forense en la investigación y no pudo aceptar que ella se suicidó. Todavía cree que deberían haber hecho algo para salvarla.

—¿Crees que el resultado de la investigación lo hizo perder el control?

Kay asintió. —Sí, lo creo.

Se lanzó fuera del coche y se dirigió hacia la casa, empujando la puerta del jardín.

Segundos después, golpeó la puerta a pesar de que ya había tocado el timbre tres veces sin respuesta. — ¿Dónde demonios está?

—El bastardo —dijo Barnes—. Nos estuvo engañando todo el tiempo. ¿Cómo diablos lo pasamos por alto?

Kay lo ignoró y tocó el timbre de nuevo, manteniendo su dedo presionado en el botón mientras una serie de campanadas resonaban a través del pasillo más allá de la puerta.

—¿Quieres que intente forzar la cerradura?

—No, necesitamos la orden, y será más rápido derribarla de todos modos.

Pasó junto a Barnes y se acercó a la ventana delantera. El resplandor naranja de las farolas se reflejaba en el cristal, y ella se inclinó hacia adelante, sosteniendo su mano para proteger sus ojos e intentó mirar dentro de la casa.

Las cortinas de red le impedían ver dentro de la habitación, y maldijo por lo bajo.

Se dio la vuelta y observó la calle oscurecida, preguntándose qué hacer a continuación.

Estaba a punto de preguntarle a Barnes dónde

diablos estaba la patrulla uniformada para que pudieran derribar la puerta, cuando oyó pasos que se acercaban. Giró sobre sus talones para ver a la vecina de al lado apresurándose por el camino del jardín.

—¿Puedo ayudarles?

—¿Sabe dónde está Kevin?

—No, lo siento, no lo sé. No lo he visto en unos días. Parecía como si lo hubiese pisado un tren.

Barnes resopló ante la desafortunada elección de palabras, y Kay le lanzó una mirada fulminante antes de volverse hacia la vecina.

—¿Cuándo fue la última vez que lo vio?

—Creo que fue hace dos días. Me alegro de que estén aquí. Empezaba a preocuparme por él.

Un coche de policía, con las luces azules encendidas, frenó en seco junto a la acera y dos oficiales uniformados salieron del vehículo antes de apresurarse hacia ellos. Uno de ellos llevaba un ariete; el otro le entregó la orden de registro ejecutada.

—Por fin —dijo Kay. Revisó la orden antes de señalar la puerta principal—. Hacedlos entrar ahí.

Los ojos de la vecina se abrieron de par en par. —Esperen, creo que tengo una llave de la puerta principal en algún lado.

—Apresúrese, vaya a buscarla.

Barnes caminaba de un lado a otro en el área pavimentada frente a la puerta principal, y Kay trató de ignorar el picor en su ojo derecho mientras esperaban. Después de un par de minutos, el agente de policía con el ariete levantó una ceja.

—¿Debo hacerlo?

Kay suspiró y miró su reloj. Cuando estaba a punto de dar la orden, la vecina apareció en la puerta del jardín y se apresuró hacia ella.

—Las encontré. Aquí tienen.

Barnes le ofreció un par de guantes a Kay. Ella se los puso en los dedos antes de tomar las llaves de la vecina e insertar una en la cerradura.

La puerta se abrió con facilidad. Apartó con el pie tres sobres del felpudo y llamó por encima del hombro.

—Barnes, tú vienes conmigo. Los demás, quédense fuera.

CAPÍTULO 46

Lo primero que Kay notó fue el olor. Era como si su nariz y garganta estuvieran siendo agredidas. El hedor a comida podrida, ropa sin lavar y un desagüe obstruido inundó sus sentidos.

—Con razón quería venir a la comisaría para hablar con nosotros —dijo Barnes—. Este lugar es un vertedero.

La vecina jadeó desde su posición en el umbral de la puerta.

—No tenía ni idea. ¿Qué le pasa? ¿Está bien?

Kay no respondió y, en su lugar, empujó la puerta a su derecha. Conducía a una sala de estar de tamaño mediano, que no había sido limpiada en meses. Teniendo cuidado dónde pisaba, comenzó un lento recorrido por los bordes de la habitación primero, sus ojos vagando por las estanterías polvorientas, el televisor que no parecía haber sido encendido en semanas, y las diversas tazas de café que habían sido abandonadas para enmohecerse en diferentes superficies.

Cajas de comida para llevar cubrían el suelo, junto con un surtido de latas de refrescos que habían sido aplastadas por el medio y arrojadas sobre la alfombra manchada.

Se acercó a un conjunto de fotografías enmarcadas en plata en una de las estanterías y examinó las imágenes.

En una, McIntyre estaba de pie con los brazos alrededor de Alison Campbell, con enormes sonrisas en sus rostros. Los ojos de Kay se dirigieron al gran anillo de compromiso en la mano izquierda de Alison, antes de recorrer con la mirada las otras tres fotografías.

—Todas estas deben haber sido tomadas para conmemorar su compromiso —dijo, señalando cada una—. Fotógrafo profesional, también, me imagino.

Barnes miró por encima de su hombro.

—Se ha derrumbado, ¿verdad? No puedo imaginar que esto se viera así cuando Alison estaba viva.

Kay murmuró su acuerdo. Lo había visto antes: un cónyuge o pareja afligido que se retraía en sí mismo con el tiempo, retirándose gradualmente de la sociedad y sin importarle si comía o dormía.

Sin embargo, nunca había visto a alguien crear activamente dos vidas para sí mismo, no a este extremo. El tiempo y esfuerzo que McIntyre había dedicado para dar la impresión a sus vecinos y a la policía de que estaba funcionando normalmente habían proporcionado una pantalla de humo efectiva de la realidad de su existencia.

—Kay, necesitas ver esto.

Se volvió hacia donde Barnes estaba de pie con las manos en los bolsillos junto a la mesa de café, con la cabeza inclinada.

Kay se inclinó y recogió una carpeta de manila cubierta de manchas de café. Abriendo la solapa, vació el contenido sobre la mesa baja.

—Fotografías.

Se agacharon y comenzaron a examinar las imágenes.

Pasos a nivel, andenes, pasos de peatones, senderos junto a trincheras ferroviarias y pasarelas sobre líneas de tren pasaron ante los ojos de Kay.

—Esto es una obsesión —murmuró.

—Aquí. Horarios. Ha resaltado los servicios exprés, mira.

Kay trazó su dedo por la página.

—Y el último servicio.

—Lo vincula al asesinato de Jason Evans.

Barnes dejó caer los horarios y señaló la documentación esparcida por el resto de la mesa.

—Mapas, cálculos. —Se inclinó y recogió un cuaderno y comenzó a hojear las páginas, antes de detenerse y mostrárselo a Kay—. Creo que hemos encontrado a nuestro asesino.

—Creo que tienes razón.

—Tenemos que decírselo a Sharp.

El corazón de Kay dio un vuelco, y agarró la manga

de la chaqueta de Barnes y comenzó a arrastrarlo fuera de la habitación.

—¿Qué pasa? —dijo él, mientras tropezaba para mantener el paso.

Llegaron a la puerta principal y Kay hizo un gesto a los dos agentes uniformados que esperaban en el umbral.

—Ustedes dos quédense aquí. Nadie entra hasta que llegue el equipo de Investigación de la Escena del Crimen. —Arrastró a Barnes por el camino del jardín hacia el coche.

—¿A dónde vamos? —dijo él.

Ella se detuvo y soltó su brazo.

—Tenemos que asegurarnos de que Peter Bailey esté bien. Debemos asegurarnos de que McIntyre no haya llegado a él primero.

CAPÍTULO 47

Kay golpeó con el puño la puerta principal del apartamento de Peter Bailey por segunda vez, maldiciendo entre dientes.

McIntyre había logrado engañarlos a todos, y mientras subía furiosa las escaleras hasta el tercer piso, se preguntó qué habría hecho diferente si tuviera otra oportunidad.

Volvió a llamar y luego pegó la oreja a la puerta.

Silencio.

—Apártate. No tenemos tiempo para esperar a que llegue otra patrulla uniformada. Usaré mis ganzúas —dijo Barnes.

—Date prisa, Ian. Esto no me gusta.

Él frunció los labios antes de agacharse frente a la cerradura y sacar una bolsa de cuero del interior de su chaqueta. Extrajo dos ganzúas, las midió contra la cerradura y se puso manos a la obra.

Kay caminaba impacientemente detrás de él, con el

móvil en la oreja mientras ponía al día a Sharp para que pudiera organizar al resto del equipo, e intentaba ignorar el distintivo aroma a marihuana que escapaba por debajo de la puerta opuesta a la que Barnes estaba forzando.

En ese momento, su prioridad era encontrar a Peter Bailey.

Una puerta se cerró de golpe al final del pasillo y una mujer se acercó hacia ellos, con un anorak sobre unos vaqueros azules, su rostro oculto por un pañuelo y sus ojos recelosos ante la vista de dos extraños intentando entrar por la fuerza en el apartamento de su vecino.

Kay terminó su llamada y sacó su placa. —¿Tiene usted un juego de llaves de repuesto para este apartamento?

La mujer negó con la cabeza antes de bajar la mirada y apresurarse a pasar.

—Vecindario amistoso —murmuró Barnes.

—Habría sido demasiado fácil.

—Ya está.

Se enderezó y giró el pomo.

La puerta principal se abría hacia el área de estar, la luz del pasillo comunitario se derramaba sobre una alfombra verde raída.

—¿Peter? Soy la oficial Hunter de la policía de Kent. ¿Está usted aquí?

Al no recibir respuesta, asintió a Barnes y se puso un par de guantes. Bajo la suave luz naranja de una farola exterior a la ventana delantera, su primera impresión fue que la habitación estaba escasamente amueblada y necesitaba desesperadamente una nueva capa de pintura. Su siguiente pensamiento fue que toda la atmósfera tenía el aire de una vida en el limbo.

Olfateó, el aroma de una actividad culinaria reciente flotaba desde la dirección de una pequeña cocina a un lado de la sala de estar.

—Me ocuparé del baño y el dormitorio.

—De acuerdo.

Kay esperó hasta que Barnes desapareció por un arco bajo que separaba el resto del apartamento del área de estar antes de moverse más allá de una mesa de café baja y echar un vistazo a los papeles esparcidos sobre su superficie. Rebuscó entre las revistas de motocicletas y un folleto de vacaciones de una de las agencias de viajes locales, pero no encontró nada que indicara dónde podría estar Bailey.

A continuación, quitó los cojines del sofá, haciendo una mueca ante las migas de pizza añejas y otros detritos que habían caído entre las grietas, antes de arrojarlos a un lado y pasar a una pequeña cocina integrada al lado del área de estar.

Un pack de cuatro cervezas estaba junto a la tostadora, con migas dispersas alrededor de su base, mientras que el envoltorio exterior de una cena de microondas había sido dejado en la encimera más cerca del refrigerador.

Kay lo abrió, escaneó el escaso contenido y lo cerró de golpe con un suspiro de exasperación antes de abrir la puerta del microondas. Un plato de plástico que contenía lo que parecía ser una lasaña había sido dejado en el plato giratorio de vidrio. Extendió la mano y mantuvo su dedo sobre la superficie del celofán.

Aún estaba caliente.

Dondequiera que estuviera Bailey, se había ido con prisa.

—Debemos haberlo perdido por minutos —murmuró.

Cerró el microondas y comenzó a revisar los armarios; la gente esconde cosas en lugares extraños, y sabía que era mejor no descartar ninguna idea antes de realizar una búsqueda exhaustiva.

Finalmente satisfecha, salió de la habitación y vio a Barnes cruzar el pasillo del baño al dormitorio.

—¿Algo?

—Aún no. ¿Y tú?

—No.

Dejó escapar un suspiro exasperado y luego sacó su móvil del bolso cuando comenzó a sonar.

—¿Jefe?

—¿Estado?

—Estamos en el apartamento. No hay señales de Bailey. Seguimos buscando.

—He arreglado que un coche patrulla acuda. Si es necesario, se quedarán en el lugar una vez que hayan terminado de realizar su búsqueda.

—Gracias. —Kay tragó saliva. Parecía que no era la única que pensaba que el apartamento bien podría tener que ser declarado escena del crimen si no encontraban al ocupante sano y salvo—. Ya casi hemos terminado aquí. Te llamaré en un rato con otra actualización.

El móvil de Kay vibró y se lo llevó al oído una vez más. —¿Grey? Estoy un poco ocupada ahora mismo.

—Tu número de móvil misterioso se activó hace treinta minutos. Llamó a alguien. ¿Reconoces este número?

Se quedó helada mientras escuchaba, los dígitos dando vueltas en su cabeza. La secuencia le sonaba familiar, pero no podía ubicarla. El temor comenzó a deslizarse por sus venas, aumentando su ritmo cardíaco mientras una idea empezaba a formarse. —Llama a Carys. Mira si coincide con alguien en nuestra base de datos.

—Lo haré. Te llamaré de vuelta enseguida.

—Gracias, Grey.

—¿Kay? —Barnes salió del dormitorio y levantó un teléfono móvil.

—¿Está protegido con contraseña?

—No. —Deslizó la pantalla y accedió al registro de llamadas recientes antes de pasárselo a Kay.

—¿Kevin McIntyre?

—Desde su antiguo móvil de trabajo. Hace media hora.

—Dios, llegamos tarde.

CAPÍTULO 48

Kay firmó el registro de la escena del crimen que el agente uniformado le puso bajo la nariz fuera de la casa de McIntyre, se puso el mono y las cubiertas para los zapatos, y entró pisando fuerte en el pasillo.

—Harriet, ¿dónde estás?

—En la sala de estar.

Kay pasó junto a uno de los técnicos forenses que salía de la habitación e intentó calmar su voz. No serviría de nada entrar en pánico; tenía que mantener la concentración y transmitir la urgencia a Harriet y su equipo sin perturbar el método con el que estaban procesando la habitación.

—Necesito ver el mapa y los cálculos que estaban en la mesa de café —dijo—. Tiene otra víctima y necesitamos encontrarlo ahora.

La cabeza de Harriet se giró bruscamente hacia dos técnicos forenses que estaban agrupados en una esquina de la sala, registrando cuidadosamente las pruebas que se estaban incautando.

—Vosotros dos, ¿dónde está la documentación que necesita la oficial de policía Hunter?

—Aquí —dijo uno de ellos.

—Gracias —dijo Kay. Se dio la vuelta al oír una voz familiar en el pasillo—. Quédate ahí, Dave. —Salió de la casa con Harriet siguiéndola y volvió a presentarla al sargento de la Policía de Transporte Británica—. Sé que ya hay demasiada gente en esta escena del crimen, pero Dave conoce la red mejor que nosotros.

Le entregó los mapas y el cuaderno, y luego se paró a su lado mientras él se ponía un par de guantes y hojeaba las páginas.

Cada combinación de notas comprendía un bosquejo en el lado izquierdo del cuaderno, con las fechas y horas correspondientes en el lado derecho. Los bosquejos estaban formados por una serie de líneas rectas, flechas entre círculos y, escalofriantemente, una figura de palitos dibujada junto a una de las líneas.

—¿Es esto un diario de asesinatos?

—Creo que esta es la forma en que McIntyre calcula los horarios y velocidades de los trenes —dijo Walker —. Estas líneas rectas representan las vías, los círculos son estaciones, y las flechas tienen números al lado: la distancia entre estaciones. —Levantó el mapa doblado de la zona que tenía flechas garabateadas con lápiz en su superficie—. Corresponde con esto.

—¿Y las cruces son los lugares de los asesinatos?

—Pero retrospectivos, mira. —Volvió al principio—. Este es un dibujo aproximado de cómo se veía el lugar de la muerte de Cameron Abbott, pero antes de eso tienes páginas de notas donde está investigando la próxima ubicación. Horarios de trenes, visibilidad, facilidad de acceso a cada sitio. Luego en esta página tenemos el lugar donde mataron a Nathan Cox; unas páginas más adelante, Lawrence Whiting, y luego Jason Evans más recientemente.

—¿Nos muestra dónde encontraremos a Peter Bailey?

Walker hojeó las páginas hasta que encontró la entrada más reciente.

—No, mira, todavía está calculando dónde podría estar esa ubicación.

—¿Puedes deducir de eso dónde podríamos encontrarlo?

—Lo intentaré.

Quería decirle que se diera prisa, que otra vida estaba en peligro, pero sabía que no ayudaría. En su lugar, caminó de un lado a otro por el jardín delantero, ignorando el aire húmedo que se arremolinaba a su alrededor, y resistió la tentación de mirar su reloj.

Todos los asesinatos habían tenido lugar durante la hora punta de los desplazamientos, en la oscuridad, y se les estaba acabando el tiempo.

—Lo tengo.

Se apresuró hacia donde estaba Walker, con su dedo sobre un lugar en el mapa.

—El expreso desde Victoria no para en esta estación.

—¿Por qué allí? ¿Por qué ahora?

—En una noche como esta, si el personal de la estación no tiene que estar en el andén, no lo estará: hace demasiado frío. Las cámaras de videovigilancia solo están colocadas en el aparcamiento y en la taquilla, y al final de cada andén.

—¿Estás seguro?

Sus ojos se encontraron con los de ella.

—¿Tienes alguna idea mejor?

—Podemos hacer que coches patrulla acudan a otros sitios, si crees que podría estar en otro lugar.

Se frotó la barbilla y señaló dos ubicaciones más.

—Aquí. Hay obras en cada uno de estos lugares; basándonos en que así es como mató a Jason Evans, cubriremos estos también. Puedo organizar que una de nuestras patrullas vaya a este, si puedes conseguir que un coche vaya a esta otra estación, en Harrietsham.

Kay se volvió hacia Barnes.

—Comunícalo por radio. Tenemos que movernos.

———————

Kay cerró de golpe la puerta del coche y corrió hacia la entrada de la estación de tren, sin esperar a ver si Barnes la seguía.

Al pasar por la taquilla y entrar al andén, se detuvo en seco y escuchó.

—¿Algo? —murmuró Barnes cuando se unió a ella.

—No. ¿Nos separamos?

—Más rápido. Yo tomaré el otro lado.

—Hay un paso peatonal allí.

—¿Tienes tu radio a mano?

—Sí.

—Bien. No me fío de este tipo, Kay. La seguridad es lo primero, ¿de acuerdo?

—Vale.

Observó cómo Barnes se alejaba trotando, su silueta tragada por la niebla que se extendía sobre el pueblo, y luego comenzó a caminar por el andén, recorriendo con la mirada los edificios tenuemente iluminados, y sacó su móvil.

—Carys, soy yo. Ponte en contacto con la compañía ferroviaria. Diles que necesitan detener todos los trenes en la línea de Londres a Maidstone. Kevin McIntyre tiene a Peter Bailey, y no sabemos dónde está. Estamos intentando localizarlo.

Terminó la llamada y miró la pantalla digital sobre el andén que mostraba las próximas llegadas. Un tren expreso estaba programado para pasar por la estación en veinte minutos, con destino a Ashford.

Tenía que encontrar a Bailey. No podía permitir que McIntyre se llevara otra vida.

—¿Algo?

Se sobresaltó cuando su radio siseó con estática, luego se la llevó a los labios.

—Nada. ¿Tú?

—No.

—¿Puedo ayudarla?

—¡Joder! —Kay saltó alejándose de la puerta que se abrió a su derecha y miró con furia al hombre con gafas que asomó la cabeza para mirarla.

—Lo siento, no quería asustarla. La vi a usted y a su amigo merodeando por aquí. ¿Qué quieren?

Kay levantó su placa y recuperó el aliento.

—Estamos buscando a alguien. ¿Ha visto a alguien actuando de forma sospechosa por aquí desde que oscureció?

—No, solo he visto a los viajeros habituales que bajan del tren. No se quedan por aquí, o bien tienen a alguien que los recoge en el punto de recogida de fuera, o tienen sus propios coches.

—Un momento. —Kay levantó un dedo para silenciar al jefe de estación y contestó su móvil—. Hunter.

—¿Oficial? Un agente fuera de servicio ha visto el coche de McIntyre abandonado en el aparcamiento de la estación de West Malling.

La garganta de Kay se tensó.

—¿Algún rastro de McIntyre?

—No. ¿A qué distancia está?

—De cinco a diez minutos. ¿Dónde está el agente ahora?

—Esperando en el aparcamiento. Está en su moto y dice que, si McIntyre se sube a su coche, hará lo posible por impedir que se vaya.

—Avisa por radio a Dave Walker para que lo sepa, y organiza que un coche patrulla llegue allí lo antes posible. Vamos para allá.

Terminó la llamada, se puso los dedos entre los labios y emitió un silbido penetrante que llegó hasta el otro andén e hizo que el jefe de estación retrocediera dos pasos.

—¡Barnes, nos vamos! ¡Ahora!

CAPÍTULO 49

Kay saltó del coche antes de que Barnes frenara por completo y comenzó a correr.

La niebla se arremolinaba alrededor de sus tobillos, el aire pesado y húmedo reducía las luces superiores a meros puntos luminosos y amortiguaba cualquier sonido.

El coche de McIntyre había sido estacionado descuidadamente en el espacio más cercano a la estación de tren, con solo otro coche cerca.

El oficial fuera de servicio levantó la mano en señal de saludo cuando ella se acercó.

—¡Quédate con el coche! ¡No dejes que se vaya! —gritó por encima del hombro mientras pasaba corriendo, con los pasos de Barnes tras ella.

Al llegar a los edificios de la estación, se detuvo en seco mientras sus ojos recorrían los andenes vacíos.

En el frío de la noche y la escasa luz, la estación tenía un aire fantasmal, desprovista de los viajeros que pronto comenzarían a llegar en los servicios exprés desde Londres. Una calma inquietante envolvía los edificios desatendidos mientras recorrían el andén, escudriñando en los rincones oscuros y mirando por encima de sus hombros.

—¿Dónde estás, maldito?

—Demonios, no puedo ver nada con esto —dijo Barnes. Giró y se enfrentó en la dirección opuesta, luego suspiró y aceleró el paso para alcanzarla—. ¿Puedes verlo?

—No. ¿Cuánto falta para que lleguen Carys y el coche patrulla?

—Solo unos diez minutos.

—Maldición. Vamos a perderlo. —Evaluó rápidamente el diseño de la estación—. Bien, tú toma este lado del andén, yo tomaré el otro. Si no lo encontramos aquí, cruzaremos por la pasarela al final y revisaremos el otro lado.

—Entendido.

Se separaron, y Kay dirigió su mirada sobre las sombras entre los bancos de aluminio atornillados al andén, comprobando las manijas de las puertas y avanzando hacia el extremo más lejano.

Su teléfono móvil sonó, y lo silenció rápidamente antes de llevárselo al oído.

—¿Hola?

—Hay un tren que llegará en menos de cinco minutos —dijo Walker—. Estamos en camino, pero no está programado para detenerse; es un servicio exprés que sale de Sevenoaks hacia Maidstone. No hay posibilidad de que él lo aborde para escapar.

—Gracias.

Terminó la llamada y se orientó.

La vía a su izquierda se extendía en la distancia, y echó un vistazo a la zanja oscurecida. Nadie se movía. Se estremeció cuando la humedad de la noche comenzó a filtrarse en sus huesos, helándola hasta la médula.

—¿Kay?

—¿Sí?

Barnes se movía entre la taquilla y el bloque de baños, su silueta desproporcionada en la luz distorsionada de los haces fluorescentes que iluminaban el andén entre la niebla que se acercaba.

—¿Algo?

—No. Walker dice que hay un tren exprés que llegará en cualquier momento, pero no se detendrá aquí. Sigue buscando.

Él asintió y se alejó, y Kay reanudó su búsqueda.

Llegó al final del bloque de baños y se encontró con él en el extremo más alejado del andén.

—¿Tuviste suerte?

Él negó con la cabeza.

—Puedo oír sirenas.

—Refuerzos. Al menos podemos ampliar el área de búsqueda.

Kay se giró y entrecerró los ojos a lo largo del andén, más allá de la taquilla y hacia la entrada del estacionamiento.

—No lo habremos pasado por alto, ¿verdad?

—No lo creo. Probaremos en el otro lado.

Kay se dio la vuelta al oír un grito detrás de ella, a tiempo para ver a una figura caer de la balaustrada de la pasarela que cruzaba las vías sobre ellos.

Un chillido atravesó el aire.

—¡Allí!

Se separó de Barnes, el sonido de sus pasos resonando en la superficie de concreto creando un eco sordo en las paredes de ladrillo de la taquilla vecina. A medida que se acercaba a la pasarela, pudo ver a un hombre colgando de la barandilla que corría a lo largo de la parte superior de la balaustrada, sus piernas balanceándose mientras intentaba encontrar un punto de apoyo para subir de nuevo.

A lo lejos, el familiar claxon de dos tonos de un tren exprés atravesó la niebla.

Kay agarró la barandilla para girar en la esquina mientras subía los escalones de un salto, solo para ver cómo las manos de Kevin McIntyre perdían su agarre, sus gritos amortiguados por la niebla arremolinada.

—¡Barnes! ¡Conmigo!

CAPÍTULO 50

Kay se lanzó hacia la barandilla, se inclinó y se encontró mirando directamente a los ojos de Kevin McIntyre.

—¡Ayúdame!

Había perdido su agarre en la barandilla, pero ahora colgaba con su mano izquierda de un cable que se extendía a lo largo de la pasarela. Se hundía peligrosamente, y Kay se dio cuenta de que si no lo levantaba de alguna manera, sería arrastrado por debajo del tren cuando este pasara.

Extendió ambas manos, envolvió sus dedos alrededor de la delgada tela de las mangas de su chaqueta e intentó subirlo.

No podía levantarlo.

Entrando en pánico, miró por encima de su hombro.

Barnes había llegado a la cima de las escaleras, con la mano en el costado mientras jadeaba para recuperar el aliento.

—Ian, ¡ayuda!

Él corrió hacia donde ella estaba, se asomó y luego agarró el brazo derecho de McIntyre.

—Dame tu otra mano —gritó Kay.

—No puedo, me dejarán caer.

—No, no lo haremos. Estás colgando demasiado bajo, Kevin. Necesitamos subirte. Dame tu mano.

Barnes miró por encima de su hombro. —¡Jesús, el tren ya está aquí, Kay!

—Lo sé, no lo sueltes.

El sonido del tren se escuchaba más cerca, detrás de ellos, y debajo de su posición, los rieles de acero comenzaron a zumbar y vibrar con el movimiento del tren que se aproximaba.

Los dedos de McIntyre encontraron los suyos, y luego ella se inclinó y agarró su muñeca con la otra mano. Entre ella y Barnes, lo levantaron para que sus piernas ya no colgaran por debajo de la pasarela.

—No lo sueltes, Barnes.

—Nos ahorraría algo de papeleo.

—Pero no hace justicia a sus víctimas —gruñó Kay—. Quiero a este cabrón vivo.

Apretó los dientes y se apoyó contra el borde de la pasarela peatonal. Sus pies se deslizaron sobre los paneles de madera mojados, y entonces sintió que la tela de la chaqueta de McIntyre cedía un poco entre sus dedos.

El conductor del tren tocó la bocina y, sobre el ruido, escuchó gritar a McIntyre.

La estructura del puente se sacudió con la fuerza del

peso del tren cruzando los rieles debajo, las luces sobre ella oscilando con el movimiento.

Oyó a Barnes gruñir entre dientes antes de agarrar nuevamente las muñecas del hombre para intentar conseguir un mejor agarre. Sus propios brazos se sentían como si estuvieran siendo arrancados de sus articulaciones.

Una ola de calor los envolvió cuando la locomotora pasó por debajo, el aire haciendo que sus ojos lagrimearan antes de que el rugido del motor pasara.

Un cambio en el tono llenó sus oídos cuando el primero de los vagones de pasajeros voló por debajo de ellos.

—¡No me suelten! ¡Por favor, no me suelten!

Kay trató de bloquear los gritos de McIntyre y se encontró con la mirada de ojos abiertos de Barnes.

—Se está resbalando. No puedo mantenerlo agarrado.

—Aguanta. Solo un poco más, aguanta.

Se retorció donde estaba parada e intentó asomarse por la barandilla del puente, entrecerrando los ojos más allá del alcance de los focos y hacia la oscuridad.

El tren parecía extenderse para siempre, los vagones desapareciendo en la oscuridad.

Se preguntó cómo podía ser que cuando un tren la pasaba en la vía junto a la autopista, podía volar en un instante, pero ahora parecía que estuviera tardando una eternidad.

Un sonido de desgarro hizo que su cabeza girara

bruscamente, a tiempo para ver cómo la tela entre sus dedos se rasgaba.

—¡No!

Luchó con el material rasgado hasta que pudo envolver sus dedos alrededor de las muñecas desnudas y expuestas de McIntyre, y se aferró.

Él gritó de nuevo, sus ojos llenos de terror mientras trataba de balancear sus piernas lejos del techo de los vagones que pasaban.

Más allá de donde estaban, Kay se dio cuenta de los gritos que venían de la dirección de los edificios de la estación.

Carys se impulsaba a lo largo de la plataforma hacia ellos, seguida de cerca por Dave Walker y otros dos oficiales uniformados.

Barnes siguió su mirada. —No van a llegar a tiempo.

Kay gritó cuando las muñecas de McIntyre comenzaron a deslizarse de su agarre, su sudor engrasando su piel.

Podía oler el miedo que emanaba de él, sus ojos abiertos mientras la miraba, aterrorizado.

—No me sueltes.

—No lo haré.

Desvió la mirada y en su lugar se concentró en reunir toda la fuerza que pudiera. A su lado, Barnes gruñó y cambió su peso. Sintió que la tensión se aliviaba de sus propios brazos, y entonces el rugido del tren pasó.

Levantó la cabeza para ver las luces traseras del tren desapareciendo a través de la estación y en la niebla.

—Vamos, te subiremos —dijo Barnes.

Ya estaba tirando de McIntyre de vuelta hacia la barandilla, y Kay se dio cuenta de que sin la fuerza del tren pasando por debajo, el cuerpo de McIntyre ya no estaba siendo arrastrado fuera de su alcance.

Apretó los dientes, se inclinó y agarró el cinturón del hombre mientras Barnes lo levantaba por encima del borde.

Aterrizó en un montón arrugado a sus pies, y Kay hizo todo lo posible por no derrumbarse junto a él.

En su lugar, se apoyó sobre piernas temblorosas y se recostó contra el lado de la pasarela mientras Barnes se agachaba y le leía a McIntyre sus derechos.

—Kevin McIntyre, está arrestado por los asesinatos de Nathan Cox, Cameron Abbott...

—No fui yo, ¡están completamente equivocados!

—Lawrence Whiting y Jason Evans. No tiene que decir...

—¡Es el padre de Alison, él los mató a todos! Por favor, escúchenme. —Kevin se zafó del agarre de Barnes en su brazo y los miró a ambos con furia—. Acordé encontrarme con él aquí. Su coche está en el aparcamiento cerca del mío. He estado tratando de averiguar quién podría estar matando a todos nuestros amigos, y cometí el error de confiar en él. Cuando llegamos aquí, me dijo que quería hablar sobre Alison. Sugirió que camináramos mientras hablábamos. —Negó con la cabeza—. Soy un idiota. Empecé a dudar de mi teoría, y luego, cuando llegamos aquí arriba, me sometió.

—¿Dónde está Peter Bailey?

—Pagué para que se quedara en un motel en Ashford. Está a salvo. Le dije que no fuera a ninguna parte ni respondiera al teléfono o la puerta. A menos que fuera yo.

Kay entrecerró los ojos.

—Entonces, ¿dónde está Martin Campbell?

Kevin señaló por encima del hombro de ella hacia la oscuridad.

—Los vio venir, me empujó por el borde del puente y luego huyó... se fue corriendo por las vías en esa dirección.

CAPÍTULO 51

—Quédate aquí con él, Ian —dijo Kay, y corrió a lo largo del puente peatonal.

Bajó las escaleras tan rápido como pudo, casi chocando con Carys al llegar abajo.

—Es el padre de Alison, Martin Campbell. Él es nuestro asesino. Ven conmigo. Ustedes dos, díganle a ese agente fuera de servicio que se quede aquí y se asegure de que Campbell no intente escapar por los andenes o volver a su coche. ¿Tienen linternas que podamos usar?

—Aquí tienen.

—Gracias. Comuniquen por radio y envíen un coche a la casa de Campbell. Que organicen una orden de registro y aseguren la escena. También tendrán que interrogar a su esposa. Vayan ustedes a la carretera principal por si intenta subir el terraplén desde las vías.

—Lo haremos.

Los dos agentes uniformados entregaron las

linternas antes de correr de vuelta a su coche, el mayor de los dos con la radio en la boca.

Kay giró sobre sus talones y se agachó, bajando a las vías antes de ayudar a Carys, y luego ambas comenzaron a correr en la dirección que McIntyre había indicado.

—¿Y si está mintiendo, Kay?

—No podemos arriesgarnos. Creí ver a alguien en el puente con McIntyre, pero no podía estar segura por la niebla. Si esa persona es inocente, ¿por qué huir?

Como respuesta, Carys maldijo cuando tropezó con una de las traviesas.

—¡Cuidado! El tercer riel está electrificado. Disminuye la velocidad.

Continuaron barriendo con sus haces de luz la maleza a ambos lados de la vía, su respiración era el único sonido en la quietud de la noche.

—Me imagino lo que dijo Larch cuando se enteró de que queríamos detener el tren.

—No los han detenido.

Kay se dio la vuelta. —¿Qué quieres decir con que no han detenido los trenes? Pensé que ese era el último que pasaría por aquí.

—Lo siento, oficial. Sharp hizo todo lo posible, al igual que Dave Walker. Larch dijo que no tienes un caso lo suficientemente sólido para detener los trenes. Cuestan demasiado dinero. Si te equivocas, Larch dijo que podría haber todo tipo de repercusiones políticas. Dice que no tenemos ninguna prueba aparte de un coche abandonado de que nuestro sospechoso esté aquí.

—Sostén mi linterna. —Kay giró su teléfono móvil en la mano y marcó la marcación rápida.

Sharp contestó en segundos. —¿Dónde estás?

—Martin Campbell es el asesino. Arrojó a McIntyre desde un puente peatonal. McIntyre está con Barnes ahora. Carys y yo estamos tratando de alcanzar a Martin Campbell. ¿Qué es eso de que los trenes no han sido detenidos?

—Larch dice que solo ordenará que se detengan los trenes si se le puede convencer de que el asesino está ahí. Lo siento, Kay. ¿Dónde estás ahora?

—En las malditas vías.

—¿Por qué?

—Porque Martin Campbell se escapó por aquí hace solo unos minutos. Estoy en persecución con Carys. Tienen que detener los trenes.

Hubo un ruido de crujido al otro lado de la línea, y Kay se dio cuenta de que había estado en altavoz todo el tiempo. La siguiente voz que escuchó fue la de Larch.

—No tienes pruebas de que Martin Campbell sea tu asesino. Vuelve con Barnes y arresta a McIntyre.

—McIntyre estaba colgando del puente peatonal cuando lo encontramos. Casi muere —gritó Kay—. ¿Qué más pruebas necesitas, maldita sea?

Colgó la llamada, furiosa.

—No puedo ver nada con esta niebla —murmuró Carys.

—Yo tampoco. —Kay maldijo—. Si no lo encontramos, tendremos que emitir una solicitud para que todos estén atentos en puertos y aeropuertos.

También en la estación internacional de Ashford. No me sorprendería si intentara huir por el Canal.

—Al menos no puede llegar muy lejos ni muy rápido; su coche sigue en la estación.

El haz de la linterna de Kay se balanceaba sobre los rieles mientras lo barría a través de su línea de visión, y miró por encima de su hombro.

Las luces moteadas de la estación de tren iluminaban la forma fantasmal del puente peatonal en la distancia, y el aire húmedo se adhería a su piel y cabello.

La duda comenzó a arañar su mente.

¿Realmente había visto una segunda figura en el puente peatonal, o la niebla había obliterado tanto su visión que se había equivocado?

¿Y si McIntyre estaba mintiendo?

¿Y si no lo estaba?

El sonido inconfundible de una bocina de tren cortó la niebla.

—Fuera de las vías, Carys.

Se movieron hacia el borde, el balasto irregular ralentizando su progreso.

Kay iba adelante, manteniendo su linterna baja para poder ver dónde pisaban, mientras Carys barría la suya de lado a lado, iluminando los lados del terraplén. Kay levantó la vista y tragó saliva.

Un puente más pequeño surgía de la penumbra adelante, el corte debajo de él era estrecho y empinado.

Miró por encima de su hombro.

Ningún tren se acercaba a la estación desde atrás.

Momento de decisión.

Si entraban en el corte y aún estaban allí cuando el tren pasara rugiendo, solo tendrían la otra vía para moverse.

Si venía otro tren en dirección contraria, no tendrían a dónde ir.

Si no entraban en el corte, tal vez nunca alcanzarían a Campbell.

Carys chocó con ella.

—¿Kay?

Negó con la cabeza. —Vamos a tener que esperar aquí hasta que pase el tren.

El balasto comenzó a temblar y moverse bajo sus pies, y extendió los brazos para mantener el equilibrio mientras los rieles comenzaban a cantar.

Carys gritó, y luego el haz de su linterna giró en el aire y se apagó.

—¡Mierda, lo siento, he perdido mi linterna!

Su voz se ahogaba en el aire espeso, pero Kay podía oír el sentido de pánico.

—Está bien. Todavía tenemos esta.

Una rama se quebró a unos metros por delante de ellas en la vía, y Kay giró el haz de luz.

Una figura entró en la luz de la linterna, su pie derecho flotando sobre el tercer riel.

—Martin, aléjate del riel.

Exhaló un suspiro tembloroso, con los hombros caídos.

Kay levantó una mano para protegerse los ojos de los faros del tren que se aproximaba y comenzó a caminar hacia él. Se dio cuenta de que el conductor no lo veía hasta el último momento; la visibilidad era pésima.

El tren se movería a un ritmo más lento debido al clima, pero aun así era demasiado rápido. La compañía ferroviaria tenía un horario que cumplir si quería llevar a sus pasajeros a casa a tiempo.

—Martin, quítate de en medio —gritó ella—. Tenemos que hablar.

—No hay nada que decir.

Kay aceleró el paso, el sonido de sus zapatos y los de Carys crujiendo sobre el balasto ahora se desvanecía ante la enorme fuerza que se les acercaba a toda velocidad.

—No hay nada de qué hablar —gritó él.

Ella se detuvo a un metro de él y miró hacia su derecha.

Los faros del tren ahora iluminaban claramente la vía donde Campbell estaba parado, y el sonido del claxon resonó en el aire nocturno.

Un chirrido de frenos llegó a sus oídos, pero sabía que no serviría de nada.

El tren no se detendría a tiempo.

Le quedaban segundos.

Extendió su mano y gritó por encima del ruido del tren mientras el conductor tocaba el claxon una vez más.

—¡Martin, por favor!

Con el rostro inexpresivo, él se volvió para enfrentar al tren que se acercaba.

Kay maldijo por lo bajo. Si intentaba agarrarlo y él

la dominaba, ambos serían succionados bajo el tren, y ella no tenía ningún deseo de morir hoy.

Pero sí quería justicia.

—¡Se va a salir con la suya!

Carys pasó rozándola.

Antes de que Kay pudiera reaccionar, la joven agente se lanzó contra Martin y lo embistió, derribándolo mientras el frente de la locomotora rugía al pasar y desaparecían de la vista.

Kay gritó.

—¡Carys, no!

CAPÍTULO 52

Kay caminaba de un lado a otro junto a la vía, mientras el destello de luz del primer vagón de pasajeros creaba un efecto estroboscópico a su alrededor y la gente en el interior miraba con recelo el repentino movimiento de frenado del tren.

Cruzó la mirada con uno de ellos cuando este miró por la ventana, su boca deformándose en una "o" de asombro al registrar el rostro pálido que pasó fugazmente por su campo de visión.

—Vamos —murmuró.

No podía arriesgarse a acercarse más a las vías para mirar debajo, y tampoco quería contemplar lo que podría ver.

Kay se apartó el pelo de la cara, mientras la corriente descendente del tren tiraba de su ropa y llenaba sus fosas nasales con aire caliente que aún conservaba un resabio de aceite y grasa. Tragó saliva, intentando contrarrestar el miedo y la bilis que amenazaba con subir.

Tenía que mantener la esperanza.

Se dio la vuelta en un intento de protegerse los oídos cuando el conductor aumentó la presión sobre los frenos, el fuerte chirrido taladrando su cráneo mientras intentaba mantener el equilibrio sobre el balasto irregular que se sacudía bajo el peso del tren. Apuntó su linterna hacia el suelo, asegurándose de no estar cerca del riel electrificado, y luego la giró para poder contar los vagones que pasaban.

La luz rebotaba en la espesa niebla a su alrededor, los costados decorados de los vagones eran un borrón que emergía del corte antes de que la parte trasera del tren rugiera al pasar, sus luces traseras un faro rojo explosivo en la niebla mientras finalmente comenzaba a desacelerar.

La atención de Kay volvió rápidamente a las vías desnudas frente a ella.

No había señales de Carys ni de Martin Campbell.

Se pasó una mano por la boca, pisó la vía y comprobó que no se acercara ningún tren en dirección contraria antes de barrer los rieles con su linterna.

Ni ropa. Ni señal de nada. Ni de nadie.

Alzó la mirada hacia la parte trasera del tren y luchó por contener un gemido.

¿Era posible que dos personas fueran arrastradas por la fuerza del tren? El horrible pensamiento de que la joven agente pudiera estar atrapada debajo de uno de los vagones le revolvió el estómago.

¿Cómo podría enfrentarse alguna vez a los padres de la mujer para decirles que su hija había estado tan empeñada en probarse ante sus colegas que había arriesgado todo para llevar a un sospechoso ante la justicia?

Corrió por las traviesas hacia la parte trasera del tren, sus partes mecánicas haciendo clic y crujiendo mientras se enfriaba después de una desaceleración tan rápida.

Un escalofrío comenzó a recorrer su nuca.

Al llegar a la parte trasera del tren, se dio la vuelta y comenzó a mover el haz de luz de izquierda a derecha sobre las vías entre el tren y su posición original.

Empujó el recuerdo de los restos de Lawrence Whiting al fondo de su mente y se concentró en cambio en los desechos a cada lado de la vía que habían sido arrojados desde la carretera sobre el corte por los automovilistas que pasaban y los que tiraban basura ilegalmente. Cada vez que el haz caía sobre una prenda de vestir, se acercaba para comprobar que no se pareciera al traje de pantalón que llevaba Carys, y seguía adelante.

Al acercarse al punto donde ella y la agente de policía habían estado de pie cuando el tren pasó, se detuvo.

—¿Dónde estás, C…?

Un gemido emanó de la maleza frente a ella, y retrocedió sorprendida.

Apuntó el haz de la linterna a izquierda y derecha,

tratando de localizar el origen del sonido, pero era imposible con la poca luz.

Entonces, un movimiento, y una pierna cubierta por un pantalón se elevó en el aire mientras alguien intentaba incorporarse.

Otro gemido.

Kay levantó más la linterna y avanzó, frunciendo el ceño.

¿Era posible…?

—Quítate de encima, zorra.

La cabeza de Carys emergió de la maleza, y luego el resto de ella mientras rodaba hasta quedar en cuclillas. —Quédese donde está, señor Campbell. Está usted detenido.

A Kay se le cayó la mandíbula mientras se acercaba.

Carys había caído encima de Martin Campbell y ahora lo tenía boca abajo entre los helechos, leyéndole sus derechos.

El alivio recorrió su sistema, y se agachó para ayudar a Carys a ponerse de pie, y luego a Campbell.

Manteniendo un firme agarre en el brazo de Campbell, evaluó rápidamente los arañazos en la cara de la agente. —¿Algo roto?

—No creo —dijo Carys, con voz entrecortada. Levantó la mano para arreglarse el pelo, y Kay notó que le temblaban las manos.

Tenía que llevarla a que la revisara un médico lo antes posible, para asegurarse de que no iba a entrar en estado de shock.

Miró hacia arriba al oír el sonido de las sirenas, y

unas familiares luces azules parpadeantes aparecieron en el puente sobre ellas momentos antes de que llegara el sonido de neumáticos chirriando.

—Aquí está la caballería —dijo, y volvió su atención a Campbell—. Vamos.

Lo tomó del brazo y lo llevó a paso ligero por las vías, con cuidado de asegurarse de que no pisara a propósito el tercer riel electrificado, y lo empujó hacia el terraplén.

—Sube.

Trepó por la empinada pendiente a su lado y mantuvo una mano guía en su brazo mientras avanzaban hacia la carretera de arriba. En un momento, cuando ella extendió la mano para estabilizarlo, él apartó el brazo de un tirón.

—No me toques.

Kay reprimió el impulso de empujarlo hasta el fondo de la colina y en su lugar suspiró aliviada cuando llegaron a la valla de alambre de púas que separaba el terreno del ferrocarril del coche patrulla.

Dos agentes uniformados se bajaron del vehículo cuando un segundo patrullero se detuvo detrás del suyo y comenzaron a cruzar la carretera para encontrarse con Kay. Uno de ellos sacó unas tenazas y empezó a cortar la valla hasta que tuvieron un agujero lo suficientemente grande para pasar.

Kay empujó a Campbell hacia los dos agentes uniformados y luego se volvió para ayudar a Carys.

—Mis piernas no paran de temblar —murmuró.

Al llegar a la cima, Kay esperó mientras esposaban a

Campbell y lo llevaban al primer vehículo, y luego extendió la mano y ayudó a Carys hacia el segundo.

—¿Carys?

—¿Sí, oficial?

—No vuelvas a asustarme así nunca más.

CAPÍTULO 53

Kay agarró una botella de agua y sus notas de su escritorio en la sala de incidentes antes de apresurarse hacia las salas de interrogatorios en la planta baja.

Al pasar su tarjeta por el panel de seguridad, oyó a alguien terminando una llamada telefónica antes de que Larch emergiera de una de las salas de reuniones, con una expresión agobiada en su rostro.

Comprobó que el pasillo estuviera vacío detrás de ella, y luego se acercó a él y le clavó el dedo en el pecho.

—Ha ido demasiado lejos. Señor.

Él miró la mano de ella y luego de nuevo a sus ojos. Arqueó una ceja. —No tengo ni idea de lo que está hablando, oficial de policía Hunter. ¿Me está amenazando?

—Puso nuestras vidas en riesgo allí fuera. No detuvo los trenes. Casi perdemos a un oficial hoy por sus acciones. No me importa si tiene una venganza personal contra mí, señor, pero sí me importa cuando pone en riesgo a uno de mis agentes, uno de mis colegas.

Sus ojos se entrecerraron. —Fue su decisión perseguir al sospechoso. Usted era la oficial de mayor rango en la escena. Era su responsabilidad asegurarse de que estuviera a salvo. Tal como está, entiendo que la agente Miles tuvo una escapada muy afortunada. —Apartó la mano de ella de un manotazo—. Tenga cuidado, Hunter. Está pisando terreno peligroso.

Ella pasó como una tromba, sabiendo en su corazón que había cometido un error al dejar que sus emociones la dominaran, pero incapaz de excusar la elección de su inspector jefe de jugar con sus vidas para probar un punto.

Se tomó un momento para componerse, ajustó su chaqueta de traje y levantó la vista cuando apareció Barnes.

Tomó una respiración profunda. —Hagamos esto.

Cuando entró en la sala de interrogatorios, Martin Campbell estaba absorto en una conversación con su abogado.

Su propia ropa había sido retirada cuando el sargento de custodia lo había registrado, y ahora llevaba un mono estándar y zapatos blandos sin cordones. Cortes y rasguños cubrían su rostro donde había caído en la maleza con Carys, y a pesar de que se pasaba la mano por el pelo cada pocos minutos, este seguía rebelde.

Los dos hombres guardaron silencio cuando se abrió

la puerta, y Kay arqueó las cejas. El abogado le hizo un gesto con la cabeza y volvió su atención a los papeles extendidos frente a él. Kay y Barnes se acomodaron en sus asientos y ella comenzó la grabación. Después de pedirle a Campbell que confirmara su nombre y dirección, comenzó la entrevista formal.

—Señor Campbell, ¿puede explicar por qué decidió huir esta noche?

—Pensé que era ese loco de McIntyre persiguiéndome. Tenía que escapar.

—¿Ese sería el mismo Kevin McIntyre al que empujó por un puente peatonal en la estación de West Malling?

—Se cayó. Hubo una pelea. Intentó arrojarme por el parapeto. Logré escapar de él y corrí. Está loco. Pensé que iba a matarme.

Cruzó las manos sobre la mesa frente a él, y Kay señaló su mano derecha.

—Parece que se ha arrancado la uña del dedo medio.

—Hago mucho trabajo en madera en casa. —Se encogió de hombros—. Pasa.

Kay se inclinó hacia adelante en su asiento. —No le creo, señor Campbell. Verá, nuestros investigadores de la escena del crimen encontraron restos de una uña en las ataduras que se usaron para atar a Lawrence Whiting a las vías del tren. Las muestras que nuestro equipo de custodia le tomó a su llegada aquí anoche han sido enviadas para análisis comparativo. Estoy dispuesta a apostar que el ADN coincidirá con el suyo.

La boca de Campbell se movió, pero no salió ningún

sonido. Se recuperó rápidamente y resopló. —Esto es absurdo. Kevin McIntyre es el hombre al que deberían estar interrogando. No tuve nada que ver con el asesinato de Lawrence Whiting. Ni siquiera conocía al hombre.

—Pero se aseguró de llegar a conocerlo, ¿no es así? Así es como logró atraerlo para que se reuniera con usted. ¿Cómo sucedió? ¿Lo llamó para decirle que quería hablar de Alison, por los viejos tiempos?

Su bravuconería vaciló. —No sé de qué está hablando.

—Señor Campbell, nuestros oficiales están registrando su casa en este momento. Tenemos una orden de registro de las instalaciones. ¿Hay algo que le gustaría decirnos?

Sus ojos se entrecerraron y se inclinó bruscamente en su asiento.

Su abogado puso una mano restrictiva en su brazo.

Barnes pasó una página de su libreta. —Todos los asesinatos llevados a cabo en ese tramo de vía férrea involucraron mucha planificación y mucho tiempo. Ese tipo de planificación requiere dedicación. Alguien que mata así está lidiando con mucha rabia. ¿Estaba enojado porque Alison murió?

—Por supuesto que estaba enojado, maldita sea.

—¿Estaba lo suficientemente enojado como para buscar venganza? ¿Los culpó a todos por su muerte?

Campbell no dijo nada y tragó saliva.

Kay sacó un informe de la carpeta bajo su codo. —Esta es una copia de la investigación del forense.

¿Cómo le hizo sentir cuando el forense dictaminó su muerte como accidental y no tenía a nadie a quien culpar?

—El forense estaba equivocado. Es culpa de la compañía ferroviaria que ella muriera. Ellos son los que se salieron con la suya cometiendo un asesinato.

—La cuestión es, señor Campbell, que no fue una muerte accidental.

—¿Qué quiere decir?

—Tenemos una declaración de testigo de Peter Bailey, uno de los colegas de Alison. Desafortunadamente, por razones desconocidas para nosotros en este momento, no se le pidió al señor Bailey que prestara declaración en la investigación. El señor Bailey sostiene que no fue un accidente que Alison muriera.

—Por supuesto que no lo fue —dijo Campbell. Se reclinó en su asiento y levantó las manos—. Eso es lo que he estado tratando de decirle a todo el mundo desde la investigación. No fue un accidente, porque su negligencia resultó en la muerte de Alison.

Kay negó con la cabeza. —Nadie tiene la culpa de la muerte de Alison. Peter Bailey nos explicó que Alison eligió caminar frente a ese tren. Se suicidó.

Un grito ahogado escapó de los labios de Campbell, y su abogado frunció el ceño.

—Me gustaría tener diez minutos a solas con mi cliente.

Kay se inclinó hacia adelante y terminó la grabación de la entrevista.

CAPÍTULO 54

Kay entró en la segunda sala de interrogatorios y encontró a Carys esperando junto con Kevin McIntyre y el abogado que este había designado.

—Tiene mucho que explicar —dijo mientras se sentaba junto a Carys y le indicaba a la agente de policía que comenzara a grabar.

Kay leyó a McIntyre la advertencia legal y comenzó con sus preguntas.

—¿En qué demonios estaba pensando?

El hombre se frotó los ojos. —Quería detenerlo. Sabía que no tenía pruebas suficientes para decirle algo a la policía, especialmente después de que Cameron me denunciara por acoso.

—¿Qué pasó allí? ¿Por qué te denunció por acoso?

—Intenté advertirle. Tenía la sensación de que Martin estaba involucrado de alguna manera en la muerte de Nate, pero Cameron no me creía. Dijo que estaba histérico porque la compañía ferroviaria había sido exonerada de toda culpa en la muerte de Alison. Intenté decirle que ese no era el punto, pero no quiso escuchar. Al principio intenté llamarlo por teléfono, pero luego bloqueó mi número. Sabía dónde vivía, así que fui un par de veces, pero me gritó; no quería montar una escena frente a los vecinos. Lo intenté una vez más, pero fue entonces cuando me denunció a la policía. Iba a escribirle para contarle lo que había descubierto, pero era demasiado tarde: lo mataron antes de que tuviera la oportunidad.

—¿Qué te hizo sospechar que Martin estaba involucrado en las muertes de Nathan y Cameron?

Se reclinó en su silla. —Fue algo que dijo después de la investigación. Cuando salíamos del edificio, había algunos reporteros fuera, pero él ayudó a Karen a pasar entre ellos, y cuando subía al coche que los estaba esperando, se volvió hacia mí y me dijo que tendría que tomar el asunto en sus propias manos. Al principio, pensé que iba a pedir una segunda investigación, pero eso nunca sucedió. Dos meses después, Nathan estaba muerto. —Bajó la mirada a sus manos—. Sé que todos dijeron que fue suicidio, pero yo conocía a Nate; Alison y yo habíamos socializado con él, y no parecía el tipo de persona que haría eso. Lo vi durante la investigación y parecía bastante sereno. Conmocionado y angustiado, sí, pero no suicida.

—¿Por qué se suicidó Alison, Kevin? ¿Sobre qué discutieron esa mañana?

Las lágrimas rodaron por sus mejillas. —Fui un idiota. Cuando terminé mi último contrato de ingeniería, la empresa para la que trabajaba no tenía nada más para que yo hiciera, así que me asignaron temporalmente al equipo de desarrollo de negocios. Hubo un fin de semana de trabajo en equipo en Surrey. Bebí demasiado, y también lo hizo una de las representantes de ventas regionales. Era guapa, y yo fui demasiado tonto para decir que no. —Parpadeó y luego usó la manga de su camisa para secarse los ojos—. Solo ocurrió una vez, pero cuando ella se enteró de que iba a casarme, se volvió rencorosa y amenazó con contárselo a Alison. No podía dejar que Ali lo oyera de una completa desconocida, así que se lo conté yo.

—¿Cuándo?

—La mañana que se arrojó frente al tren. Salió furiosa de la casa. Intenté que volviera, decirle que nunca había vuelto a suceder, que no debería haber sucedido en absoluto, pero no quiso escuchar…

Kay le dio un momento para que se calmara antes de continuar. —Kevin, hemos visto todas tus notas y mapas en tu casa. ¿De qué se trata todo eso?

—Estaba tratando de atraparlo. Todo esto es mi culpa. La investigación dictaminó que fue muerte accidental, así que la compañía ferroviaria no tiene la culpa. Martin siempre sostuvo que los colegas de Alison deberían haber hecho algo para salvarla, pero ¿cómo podrían haberlo hecho? Los culpaba a ellos, decía que deberían haber hecho más para detenerla.

—¿Sabía él de tu infidelidad?

—No. No hasta anoche. —Se inclinó hacia adelante, tomó dos pañuelos de la caja sobre la mesa y se sonó la nariz—. Cuando lo confronté por primera vez en el estacionamiento de la estación, me dijo que iba a entregarse. Dijo que quería explicar primero por qué lo había hecho, así que accedí a caminar con él mientras hablaba. —Arrugó los pañuelos y los apretó en su puño —. Fui estúpido. Debería haberme dado cuenta de que había descubierto que yo estaba tratando de advertir a Peter. Estaba furioso cuando le dije que sabía lo que estaba haciendo y que iría a la policía si no se entregaba. Para entonces ya tenía la evidencia de Peter de que Martin lo había contactado y quería reunirse con él a solas.

—¿Qué pasó?

—Ya vio lo que pasó. Se volvió loco. Para entonces, estábamos en la pasarela peatonal; originalmente, Martin había sugerido que camináramos por ella porque aún estábamos hablando. Estábamos más o menos a mitad de camino cuando le conté sobre mi infidelidad. Fue entonces cuando me empujó y perdí el equilibrio. No sé cómo, pero logró tirarme por el costado, y luego huyó corriendo.

Kay se reclinó en su asiento. Lo había visto una y otra vez como oficial uniformada patrullando el centro de Maidstone cuando los pubs y discotecas vaciaban sus clientes a las calles en las primeras horas de la mañana: la persona más menuda, impulsada por la ira, a menudo no conocía su propia fuerza.

McIntyre se llevó las manos a la cabeza, dejando escapar un sollozo. —Todo es mi culpa. Ella perdió las ganas de vivir por mi culpa, y ahora todos están muertos.

Kay se levantó de su asiento y detuvo la grabación después de anotar que el interrogatorio había concluido.

Era hora de presentar cargos contra su sospechoso.

CAPÍTULO 55

Kay mantuvo la puerta abierta para Barnes, y luego se dirigió a los asientos frente a donde estaban sentados Martin Campbell y su abogado.

El comportamiento de Campbell había cambiado. Donde antes había sido desafiante, con un aire de rectitud, ahora había duda. El sudor brillaba en su frente mientras se pasaba repetidamente la mano por el cabello, e incluso su abogado parecía cauteloso, inseguro del verdadero estado mental de su cliente.

Kay se inclinó y presionó el botón de grabación, miró hacia arriba para asegurarse de que la cámara de videovigilancia en la sala de interrogatorios mostrara una luz roja debajo de su lente, y comenzó.

Después de advertir formalmente a Campbell una vez más, se reclinó y observó al hombre frente a ella.

Desde que lo había conocido, se había deteriorado visiblemente.

Donde una vez le había parecido digno en su dolor, preocupado por su esposa y devastado por la muerte de su hija, ahora lo veía por lo que era.

Un asesino malvado y astuto que disfrutaba viendo a sus víctimas morir una muerte dolorosa y aterradora.

—¿Cómo se enteró de Peter Bailey? Su nombre no se mencionó en el informe del forense.

—No supe de él hasta que Lawrence me dijo que debería hablar con él. No tenía idea de que estuviera allí en el momento de la muerte de Alison. Sabía de todos los demás, por supuesto, por la investigación. —Sus ojos cayeron a sus manos en su regazo—. Karen y yo fuimos todos los días a la audiencia. Los odiaba a todos. Todos se sentaban allí, llorando mientras el forense les preguntaba sobre el accidente. Ninguno de ellos me dijo que ella se suicidó.

—No creo que ellos mismos quisieran creerlo. Peter Bailey era el que estaba más cerca de ella cuando sucedió.

Campbell levantó los ojos y puso las manos sobre la mesa frente a él, con los puños apretados.

—Aun así, deberían haber hecho algo para detenerla.

—Martin, hemos encontrado el modelo de ferrocarril. Hay cuadernos con su escritura…

Él jadeó, su rostro volviéndose blanco.

Kay cruzó las manos sobre la mesa.

—Intentó borrar cualquier rastro de sus notas, pero las marcas aún son visibles. ¿Por qué lo hizo, Martin?

Él se secó los ojos.

—Después de la investigación, Karen y yo nos retiramos a nuestro propio mundo. Ha visto cómo está Karen: ni siquiera sabe qué día de la semana es la mayoría del tiempo, está tan llena de antidepresivos. Tenía miedo de perderla a ella también. No tiene idea… no la vio cuando Alison todavía estaba viva. Era tan vibrante, tan alegre. Tenía que hacer algo. Tenía que darles una lección. Alison era el miembro más joven del equipo, y la dejaron morir. Era mi niña. La hicieron parecer torpe y poco profesional en la investigación. No era cierto. Esos hombres, los que estaban allí ese día, deberían haber estado cuidando de ella.

—¿Cómo logró convencerlos de reunirse con usted?

—Fue fácil. Todavía tenía el móvil de Alison con todos sus datos de contacto. Usé su móvil para llamarlos, sabiendo que contestarían para averiguar quién estaba al otro lado. Les pregunté si querían reunirse para tomar una copa tranquila en algún lugar. En algún lugar donde no me conocieran. Lejos de las vías del tren… sabía que ustedes probablemente entrevistarían a cualquiera que estuviera a un paso de donde los maté. Los antidepresivos de Karen son fuertes. Todo lo que tenía que hacer era deslizar algunos en su bebida. Siempre esperaba hasta la segunda, para que estuvieran menos en guardia. Empezaban a sentirse somnolientos en cuestión de segundos, así que sugería llevarlos a casa en coche. Por supuesto, aceptaban.

—Excepto que no los llevó a casa, ¿verdad? Los llevó a donde ya había decidido que los mataría.

—Se lo merecían.

—¿Cómo obtuvo acceso al sitio donde mató a Jason Evans? El área estaba acordonada con vallas de seguridad.

Sonrió con suficiencia.

—Después de que Alison muriera, sus empleadores no querían saber nada de nosotros. Estaban demasiado ocupados preparándose para la investigación y tratando de asegurarse de no asumir la culpa. Nos rechazaron… creo que éramos una vergüenza para ellos. —Miró sus uñas—. Cuando el director de la funeraria se puso en contacto con nosotros y nos pidió que recogiéramos las pertenencias de Alison, había una llave entre sus cosas. Resulta que es una llave maestra para todos los sitios de la compañía ferroviaria en toda la red… les ahorra tener que tener llaves separadas para diferentes lugares.

—Así que la guardó. ¿Cómo demonios pensó que se saldría con la suya al asesinar a estos pobres hombres? —Kay extendió las fotografías del equipo del proyecto frente a él.

Una leve sonrisa cruzó sus labios, y luego frunció el ceño.

—Fue fácil, al principio. Todos estaban sufriendo de depresión después de la muerte de Alison, así que fue bastante simple hacer que pareciera que se habían suicidado.

—Excepto que salió mal con Lawrence Whiting, ¿no es así?

Campbell apretó los puños.

—Me equivoqué con la dosis. No me di cuenta de

que había engordado tanto desde la última vez que lo vi en la investigación. Parece que se consoló con la comida, además de los antidepresivos. —Miró fijamente a Kay—. Aun así, habría funcionado perfectamente. No iba a escapar.

—Excepto que un testigo lo oyó gritar.

—Como dije, todos merecían lo que les sucedió.

—No —dijo Kay—, no lo merecían. Ninguno de ellos, ¿verdad? Porque Alison se suicidó.

—No lo sabía.

—Esa no es excusa. Hablamos con Peter. Dice que siempre ha mantenido que Alison se puso en el camino de ese tren por elección. Kevin McIntyre tuvo una aventura, Alison se enteró y se suicidó, y a pesar de que, por su propia admisión, había matado a cuatro hombres, decidió que no se detendría ahí, e intentaría matar a Kevin McIntyre también.

—Sí. Engañó a mi niña. El bastardo se lo merecía.

El abogado de oficio puso los ojos en blanco y golpeó su cuaderno sobre el escritorio. Kay lo ignoró y mantuvo la mirada fija en Campbell.

—Kevin ya había descubierto que usted era responsable de matar al resto del equipo del proyecto de Alison.

Campbell se reclinó en su asiento, su expresión desafiante desapareciendo.

—Sí.

—Entonces, ¿cómo lo persuadió para que se reuniera con usted?

—Le dije que iba a entregarme. Que no podía vivir

con la culpa. Que quería la oportunidad de explicarle por qué había hecho lo que había hecho.

—¿Qué cambió?

Sus ojos se estrecharon.

—Nada. Tenía que morir.

CAPÍTULO 56

Kay insertó la llave en la reluciente cerradura nueva y empujó la puerta principal para abrirla, se quitó los zapatos de una patada y dejó caer su bolso en el primer peldaño de la escalera, para luego dirigirse a la cocina.

Adam levantó la vista del periódico semanal gratuito que había extendido sobre la encimera de la cocina y sonrió.

—¿Lo atrapaste?

—Lo atrapé.

Se deslizó del taburete de madera y recorrió el espacio entre ellos en cuatro zancadas largas, atrayéndola para abrazarla. —Bien hecho.

Ella se hundió en su abrazo por un momento antes de apartarse suavemente, con lágrimas en los ojos.

—Oye, ¿qué ocurre?

Se limpió las mejillas. —Gavin está en el hospital, y es todo culpa mía.

Adam frunció el ceño, luego la tomó de la mano y la

llevó hasta la isla central, sacando otro taburete para ella. —Siéntate. ¿Qué está pasando?

Apoyó los codos en la encimera y se pasó la mano por el pelo antes de contarle a Adam cómo había usado el ordenador de Gavin para continuar su investigación después de que les hubieran robado en casa, solo para descubrir al día siguiente que su tarjeta de acceso no funcionaba, y luego enterarse de que Gavin había sido atacado esa noche de camino a casa.

—¿Cómo está?

Ella sorbió. —Dos costillas rotas, la nariz fracturada y una conmoción cerebral. El hospital le dio el alta hoy temprano.

—Podría ser una coincidencia.

Ella dejó escapar un suspiro tembloroso. —¿Y si no lo es?

—¿Tiene alguna idea de quién lo atacó?

—No, y hablé con el detective que lo está investigando, no hay nada capturado en las cámaras de seguridad. Es como si quien lo atacó supiera exactamente dónde estaban las cámaras.

Adam se pasó una mano por la barbilla con barba incipiente. —Tal vez deberías dejarlo.

—No puedo —dijo Kay—. Todo esto demuestra que tengo razón, ¿no? Alguien no quiere que descubra la verdad.

—¿Pero estás más cerca de descubrir quién fue?

Ella negó con la cabeza y bajó la mirada. —Cuando inicié sesión, los registros habían sido eliminados. No hay rastro de que esa arma haya sido confiscada o tomada como evidencia.

—Dios mío, Kay.

—Esto es más grande que intentar tenderme una trampa. Hay algo más sucediendo, y no puedo encontrar una manera de entrar. No puedo encontrar *nada*.

Adam extendió la mano y tomó las de ella entre las suyas. —Siempre he creído en ti, sabes que lo he hecho, y sé que fue mi idea averiguar quién estaba detrás de tu investigación de Estándares Profesionales, pero han entrado a robar en nuestra casa…

—No se llevaron nada…

—…para asustarnos, si no más, y Gavin ha sido golpeado. Esto va mucho más allá de la manipulación de evidencia, Kay. Alguien está tratando de detenerte. Tal vez deberías escuchar.

Ella suspiró y deslizó sus manos de las de él, y se frotó el ojo. —¿Es eso lo que realmente piensas?

—Me asusta lo que te harán si no te detienes.

—Lo sé.

Un fuerte gemido detrás de ellos interrumpió sus pensamientos, y una sonrisa se dibujó en el rostro de Adam.

—Por cierto, Holly es madre.

—¿Qué? ¿Cuándo?

Kay saltó del taburete de la cocina y corrió hacia donde Adam estaba sentado.

Él señaló la cama de Holly, donde cuatro pequeñas formas retorciéndose se acurrucaban junto a la enorme perra, que los miraba con ojos oscuros y profundos, con la lengua colgando.

Kay cruzó los brazos sobre el pecho. —Bueno, pareces muy satisfecha contigo misma, Holly. —Miró por encima del hombro—. ¿Qué edad tienen?

—Nacieron a las diez de la mañana. Sin complicaciones, así que he llamado a la familia; vendrán en un rato para recogerla y llevarlos a todos a casa.

Kay se inclinó y acarició la cabeza de la enorme perra. —Buena chica —dijo, y acarició la cabeza de Holly. Sus ojos se posaron en los cachorros que mamaban y se revolcaban unos sobre otros—. Son tan pequeños.

—Crecerán lo suficientemente rápido. Maurice, el dueño, ha tenido grandes daneses antes, así que sabe lo que hace.

—Tal vez vaya a cambiarme antes de que llegue.

—Sin problema.

Ella lo besó al pasar, y luego recogió su bolso y zapatos y subió las escaleras antes de dirigirse por el pasillo hacia su dormitorio. Se desvistió, luego entró en el baño y abrió los grifos.

Un fuerte sollozo escapó de sus labios, y se permitió un par de minutos para desahogarse antes de salpicarse la cara con agua fría y secarse los ojos.

Se miró fijamente en el espejo sobre el pequeño lavabo.

—Contrólate —dijo—. No puedes estar celosa de una perra.

Oyó que sonaba el timbre de la puerta y se apresuró

a entrar en el dormitorio, poniéndose rápidamente unos vaqueros y una sudadera antes de bajar corriendo las escaleras y entrar en la cocina, donde Adam estaba hablando con el dueño de Holly y su hijo.

—Le hemos dicho a Alec que puede quedarse con uno —dijo Maurice. Revolvió el pelo de su hijo—. ¿Ya te has decidido?

—Esta. Es muy buena, y no se rinde, mira. —El niño señaló a la pequeña cachorra que ahora luchaba por encima de sus hermanos para acercarse a su madre.

—¿Has pensado en un nombre? —dijo Kay.

Alec sonrió. —Hunter —dijo.

Adam resopló. —Bueno, vas a estar muy ocupado, eso es seguro.

—Oye. —Kay le dio un golpe en el brazo, luego se volvió hacia Alec—. Eso es muy amable de tu parte, gracias.

—Deberíamos irnos. —Maurice extendió su mano a Adam, y luego a Kay—. Gracias por todo. Sabía que estaría en buenas manos.

—No hay problema —dijo Adam—. Fue un sueño tratar con ella. Tienes mi número. No dudes en llamar si lo necesitas.

—Ah, intentaremos dejarte recuperar tu vida. —Maurice sonrió—. ¿Cuándo quieres verla en la clínica?

—Volveré el lunes, así que si llamas a Anna y consigues una cita para entonces, estará bien.

Kay ayudó a Alec a reunir a los cuatro cachorros y los colocó en la caja de transporte, y Adam le entregó la correa de Holly a Maurice antes de acariciar las orejas de la perra.

—Bien hecho, Holly —dijo.

Se quedaron en la entrada mientras la familia se despedía, luego vieron cómo las luces traseras del coche se alejaban por la calle.

—Vamos —dijo Adam—. Es hora del vino.

Besó su mejilla y luego se alejó, sus pasos resonando de vuelta a la cocina.

—Sí. —Kay recorrió la calle con la mirada, buscando las sombras entre las farolas.

¿Quiénes estaban observando? ¿Estaban ahí fuera, esperando otra oportunidad?

No la detendrían, no ahora. Le debía eso a Gavin.

Tenía que descubrir quién lo había atacado.

Dio media vuelta y cerró la puerta de golpe, deslizando los nuevos cerrojos en la parte superior e inferior del marco.

Se enderezó y luego metió la mano en el bolsillo de sus vaqueros, cerrando el puño alrededor de la memoria USB.

—Os atraparé, malditos.

FIN

BIOGRAFÍA DEL AUTOR

Rachel Amphlett es una de las autoras de ficción criminal y thrillers de espías con más ventas del USA Today; y muchas de sus obras han sido traducidas en todo el mundo.

Sus novelas están disponibles en formato digital, impresos y como audiolibros en bibliotecas y tiendas minoristas, así como en su página web.

Rachel, una viajera entusiasta e investigadora privada por accidente, tiene ciudadanía australiana y británica.

Para más información sobre los libros de Rachel entra en: www.rachelamphlet.com.